행복한 청소부

행복한 청소부

김성은 에세이

도서출판 북인

책을 펴내며

내 존재의 소중함 알아가는 과정에 관한 보고서

북향에 창을 둔 진료실은 다소 어두웠지만 오래된 서재에서 느낄 수 있는 편안함이 있었다. 책상을 사이에 두고 나는 정신과 의사와 마주 앉았다. 70대 초반으로 보이는 단정한 차림의 그는 학자 같은 인상을 풍겼다. 무슨 이유로 자신을 찾아왔고 무엇을 도와야 하는지 그가 물었다. 그의 막연한 물음에 나는 몹시 당황스러웠다. 내가 말하기 전에는 언제까지나 기다리고 있을 것 같은 그의 태도에 누구에게도 말하고 싶지 않았던 속마음을 돈이 아까워서라도 꺼낼 수밖에 없었다.

"가끔 제 안에 뜨거운 무언가가 느껴지는데 마치 미치광이 하나가 있는 기분이에요. 그가 마음을 헤집어놓으면 모든 것을 내려놓고 아무도 없는 곳에 가서 숨어버리고 싶어요." 그는 나에게 왜 그런지 생각나는 대로 말해보라고 했다.

"아버지와의 관계가 좋지 않았어요." 이 말을 시작으로 부모님의 성장 배경부터 나빴던 두 사람 관계까지 간략하게 이야기했다. 잠시 숨을 돌릴 때 선생님은 평범하지 않은 부모님의 삶이 놀랍고 재밌다며 웃었다. 나보고 말을 잘한다고 했다. 칭찬의 힘인지 치료를 받는 동안 친절하게 묻고 그대로 받아주는 그 앞에서 나는 지나온 삶을 줄줄이 고백했다. 신기하게도 과거의 상처들을 입 밖으로 꺼내놓는 것만으로도 마음이 편안해지고 자존감이 조금씩 높아지는 경험을 했다. 1년은 받아야 한다는 정신분석을 사정상 10주로 끝냈다. 다 못한 이야기를 글로 쓰기 시작했다.

자전 소설로 써보려다가 능력이 안 돼서 짧은 수필로 한 편씩 풀어냈다. 부모의 무관심으로 사랑에 늘 목말라 있던 나는 매사에 타인의 시선을 의식했고 인정을 구했다. 예민했던 어린 시절 아픈 기억부터 하나씩 꺼내 매만지며 자신을 스스로 위로했다. 얼마 없는 기쁨의 순간이나 감동의 장면도 기록으로 남겼다. 글을 쓰는 동안 지나온 삶을 성찰하면서 움츠렸던 자아가 기지개를 켜며 일어섰고 조금씩 내 존재의 소중함을 알아갔다.

이렇게 쓴 글이 책 한 권 분량을 넘겼다. 그럼 책을 만들어볼까? 첫 번째 인생 보고서가 되는 건가? 생각만으로도 무척 설레었다. 그런데 출판하기 전에 꼭 고려해야 할 점이 있었다. 불행한 가족사나 아버지와의 갈등을 낱낱이 폭로한 글을 만천하에 공개한다는 건 아무리 부모님이 돌아갔다 해도 망설여질 수밖에 없었다. 하지만 아버지와 관계된 거라면 좋든 싫든 인생에서 가장 중요하기에 내 첫 책에서 빠져서는 안 될 일이었다. 그러자니 가족 얘기도 빼놓기 어려웠다.

'부모님, 부디 저를 용서해주세요….'

존경하는 임헌영 교수님, 유성호 교수님, 손홍규 소설가에게 감사를 드린다. 이들의 가르침과 격려가 있었기에 늦은 나이에 글쓰기를 배워 이 정도의 글이라도 써낼 수 있었다. 사랑하는 부모님과 형제들, 소중한 벗과 옛 직장 동료, 문우들에게 감사를 드린다. 특히 남편에게 사랑과 감사를 전한다. 형편없는 초고를 제일 먼저 읽으며 수많은 비문을 고쳐주고 예리한 지적, 위로와 응원이 담긴 비평을 해준 그의 지지 덕분에 이 책을 완성할 수 있었다. 마지막으로 이 보잘것없는 책에 시간을 내어줄 독자에게 감사를 드린다.

2021년 초여름

김성은

차례

3부 곱져놓은 한라산

4부 용동헌 이야기

5부 행복한 청소부

1부

이만큼 복 받아

울보의 라일락

다른 형제들과 달리 어릴 적부터 나의 병치레는 유달랐다. 같은 음식을 먹어도 혼자만 탈이 났다. 피부병을 늘 달고 살았고 조그만 상처도 쉽게 낫지 않아 병원에 수시로 가야 했다. 체력이 약한 나는 형제들과 뛰어놀다가도 금방 지쳐서 집에 먼저 들어와야 했다. 게다가 살도 찌고 피부병으로 늘 붉은 얼굴이었던 나를 언니와 여동생이 못난이라 놀렸다. 부모님도 다른 형제와는 달리 나에게 예쁘다고 말하거나 다정하게 안아준 적이 없었다. 나이 차가 얼마 안 나는 자매들과 다투거나 놀림을 받을 때면 나는 울기부터 했다. 그저 슬프고 억울했다. 울보라고 놀림도 많이 받았지만, 울음은 툭하면 터져나왔다. 엄마도 내 울음이 길어지면 그만하라며 화를 냈다. 그래도 소용 없었다.

유치원 미술 시간에 소풍 가서 과자 따먹기 시합하던 장면을 그렸다. 선생님은 내가 우리 반에서 제일 잘 그렸다며 앞으로 나와 무엇을 그렸는지 설명해보라고 했다. 교단에 선 나는 그림을 들고 울기 시작했다. 당황한 선생님은 왜 우냐며 물었다. 뭔가 뜨거운 것이 솟구쳐 대답할 수가 없었다. 울음의 원인은 그 그림 내용에 있었다. 소풍날 나는 엄마가 보는 앞에서 과자 따먹기 시합에 들어갔다. 다섯 명이 한 조로 출발선에서 뛰어 철봉에 실로 매달린 과자를 따먹고 결승선에 들어가면 되는 거였다. 다만 높이 매달린 과자를 따먹을 땐 뒷짐지고 입으로만 먹어야 했다.

내가 속한 조가 출발했다. 나는 다른 아이들과 비슷한 시간에 과자가 매달린 철봉 앞에 도착했다. 껑충 뛰면서 입을 가져가보았지만 높이 매달린 과자를 조금도 먹을 수가 없었다. 몇 번 시도하다 안 되자 다른 아이들은 재빨리 손으로 따 먹고 뛰었다. 요령이 없었던 나는 다른 애들이 결승선에 도착했을 때까지 뒷짐진 채로 계속 껑충거리고 있었다. 그 광경을 지켜보던 엄마가 내게로 와서 멍청하게 뭐하는 거냐며 화를 내고 내 등을 때렸다. 엄마의 손에 끌려 나오며 이 모든 상황을 이해할 수 없었던 나는 울었다. 울음은 내 제일의 언어였다.

초등학교 2학년이 되어 부쩍 친구들에게 관심이 커지자 못생긴 외모가 자꾸 신경이 쓰였다. 한번은 무슨 용기가 나서인지 거실 소파에 누워 있는 엄마에게 가서 나만 왜 이렇게 뚱뚱하고 못생기게 낳아줬냐며 따지듯 물었다. 엄마는 기가 막힌다는 듯이 나를 쏘아보다가 시끄럽다고 한마디 하고선 안방으로 들어가 문을 세차게 닫아버렸다. 나는 안방 문에다 대고 살 빠지는 약이라도 사달라며 악을 쓰며 울었다. 처음엔 소리지를 때마다 속이 시원했다. 하지만 엄마는 묵묵부답이었다. 마치 내 소리가 전혀 들리지 않는 먼 곳으로 사라져버린 것 같았다. 시간이 지날수록 엄마의 침묵은 무서웠고 나를 둘러싼 공간이 어둠으로 가득 채워지는 기분이 들었다. 더는 울 수가 없었다.

그해 5월 어느 날, 눈이 아프다는 여동생을 데리고 나는 안과에 갔다. 의사 선생님에게 진료를 받는 동안 동생은 내 손을 잡고 놓지 않았다. 의사는 동생의 진료를 마치고 나를 잠시 보더니 가까이 와보라고 했다. 내 눈을 유심히 들여다보던 선생님은 내일 부모님 모시고 다시 병원으로 오라고 했다.

왼쪽 눈동자에 언제부턴지 모르겠지만 좁쌀만 한 하얀 점이 생겼었다. 금방 없어지겠거니 생각하고 있었다. 그 점이 문제였다. 다음날 엄마와 나는 함께 병원에 갔다. 눈 검사 후 엄마는 의사 선생님과 조용히 이야기를 나누더니 엑스레이를 찍어야 한다며 나를 검사실로 데려갔다. 굳은 얼굴의 엄마는 날 외면한 채 검사실 문만 바라보았다. 검사 결과 나는 결핵에 걸렸고 결핵균이 눈에 생겼는데 다행히 몸에는 퍼지지 않았다고 했다. 진료가 끝나자 엄마는 여전히 아무 말 없이 나를 데리고 약국에 갔다. 약사에게서 상상 이상으로 비싼 약값을 들었을 때 그에게 그런 돈이 있을까 걱정됐다. 놀랍게도 엄마는 지갑에서 많은 돈을 꺼내서 줬다. 약국을 나오며 그는 나에게 한번도 거르지 말고 약을 잘 먹으라고 했다. 울음을 꾹 참고 떨리는 목소리로 그러겠다고 답했다. 여전히 차갑게 굳은 그의 얼굴을 보면서 안 그래도 엄마는 울보인 나를 싫어하는데 병에 걸려 돈까지 쓰게 하니 더 미워했겠다는 생각에 한참 가슴이 아팠다.

병원에서 돌아온 나에게 형제들은 걱정이 가득한 얼굴로 검사 결과를 물었다. 나는 일 년 동안 약 먹으면 낫는 병이라고 의사 선생님에게 들은 대로 말했다. 여동생은 무시무시한 병에 걸린 사람을 본 것 마냥 겁먹은 표정으로 나를 살폈다. 내 표정이 굳어지자 얼른 시선을 피했다. 모두가 나와 함께 있는 것이 싫은 건지 다들 방으로 사라졌다. 혼자 고요한 거실 소파에 앉았다. 나도 결핵이 무서운 병이라는 것은 대충 알고 있었지만, 누구에게 자세히 물어보기가 두려웠다. 죽을 수도 있다는 생각에 가슴이 죄어왔다. 숨이 가빠왔고 얼굴에 열이 올랐다. 유리문을 열고 마당에 나갔다.

잠시 크게 심호흡을 했다. 숨을 들이마시는데 어디선가 꽃향기가 풍겨왔다. 마당을 둘러보니 구석에 심어놓은 라일락 나무에 나도 모르는 새에 꽃이 피어 있었다. 나는 다가가 연보라색 작은 꽃에 코를 대고 오랫동안 향기를 맡았다. 흐르는 눈물은 멈추지 않았다. 하지만 라일락 앞에서는 그래도 괜찮았다.

물자절약 못하는 아이

초등학교 3학년, 서울에서 전학온 한 아이로 인해 내 인생의 전환점을 맞았다. 세상을 보는 나의 시야에 변화가 온 것이다. 이전까지 흐릿하게만 보였던 세상이 또렷하게 보이는 신비한 경험이었다.

나는 초등학교 2학년 봄에 결핵 진단을 받았다. 초기라서 약으로만 치료하면 된다고 들었지만, 죽을 수도 있는 병에 걸렸다는 건 크나큰 공포였다. 온 세상이 어두웠고, 재미있는 게 전혀 없었다. 결핵 약값이 상당히 비쌌다. 부모님이 나 때문에 고생한다는 죄책감에 전보다 더 당신들의 눈치를 보며 말이 없는 아이로 살아야 했다. 매일 커다란 알약을 삼킬 때마다 병으로 죽기 전에 목구멍이 막혀서 죽을 것 같았다. 의사가 약은 적어도 일 년 이상 먹어야 한다고 했지만 6개월까지만 먹고 말았다. 결핵균으로 추정된 눈동자의 하얀 반점이 사라졌기 때문이다. 이 시기에는 기력이 없어서 온종일 앉아만 지냈다. 대신 시간만 나면 교과서나 공책의 빈 곳에 공주를 그렸다. 아름다운 궁전 속에 사는 예쁜 공주를 떠올리면 잠시나마 우울함이 사라졌다.

선생님 말을 잘 듣고 숙제를 꼬박꼬박 해오며 반 여자아이 중에서 공부를 제일 잘한다고 선생님이 부급장을 시켜주었다. 그러나 소심한 나는 아이들과 어울리지도 않았고 종일 내 자리에만 앉아 있었다. 병이 나를 더욱 고립시켰다. 얼굴도 못생긴 데다 몹쓸 병에 걸려 얼마 못 살고 죽을 수도 있다는 생각에 삶의 의욕이나 미래에 대한 기대도 없었다.

3학년이 되어서도 똑같았다. 선생님은 또 나를 부급장으로 임명했다. 자신을 수치스럽게 여겼기에 남들 눈에 띄는 게 무척 싫었던 나는 엄마가 부급장 완장을 팔뚝에 옷핀으로 달아주면 학교에 가서 빼버리곤 했다.

금방이라도 봄비가 쏟아질 듯 잔뜩 흐린 어느 날, 우중충한 교실에 앉아 공책에 마냥 그림을 그리고 있는데 여학생 세 명이 나를 에워쌌다. 화들짝 놀라 얼른 손으로 그림을 가리고 그들을 봤다. 한 아이가 애써 화를 참아가며 한다는 말이 서울에서 전학온 K와 싸워달라는 거였다. 이 무슨 뚱딴지같은 소린지. 나는 황당해하며 그게 무슨 말이냐고 물었다. 그들은 이구동성으로 그녀가 뺄라져서(재수없다는 제주 방언) 못 견디겠다고 했다. 그래서 부급장인 내가 가만두면 안 된다고 했다. 말도 안 되는 소리라고 했더니 우리 반 모든 여학생이 그녀를 못마땅해한다는 것이었다. 그들은 내 승낙을 듣지 않고서는 물러날 기세가 아니었다. 단 한마디 말도 건네보지 못한 상대와 싸워야 한다니 아무래도 수긍하기 힘들었다. 그런데 부급장이라면 그래야 한다는 막무가내 책임론에 나는 알겠다고 말하고 그들을 돌려보냈다. 하지만 모르는 이에게 말도 잘 건네지도 못하는 내가 누구와 말로 다툰다는 것조차 상상할 수 없었다. 간혹 한 살 아래 여동생과의 다툼은 대개 나의 울음으로 끝나곤 했다. 자신 없는 일을 왜 승낙했는지 수없이 후회했다.

서울에서 전학온 K는 복장부터 갖고 있는 학용품까지 제주도에선 볼 수 없는 것들로 아이들의 마음에 시기심을 불러일으켰다. 게다가 그녀의 엄마는 육지에서 치맛바람이라는 것까지 가지고 와서 툭하면 선생님을 만나러 학교에 왔다. 그래선지 선생님은 그녀를 지나치게 챙겨주었다. 나는 여태까지 그녀가 어디에 앉아 있는지 어떻게 생겼는지도 잘 몰랐다. 그제야 그녀를 살피기 시작했다. 얼굴이 정말 예뻤다. 하얀 피부에 눈, 코, 입 얼굴형까지 아마 우리 반에서 가장 예쁠 듯했다. 키도 큰 편이었고 태권도를 배워 유단자라고 했다. 그러나 특별히 튀거나 거슬리는 말을 하지도 않았고 조용히 자리에 앉아 있을 뿐이었다. 며칠 동안 그녀를 지켜보았지만, 트집 잡을 구석이라곤 단 한 군데도 발견할 수 없었다. 결전의 날을 고대하던 그들이 더는 참을 수 없었던지 하루는 나에게 와서 당장 그녀에게 가서 싸우라고 아우성쳤다. 나는 아직도 내가 그래야 할 이유를 모르겠다고 했다. 그때 한 아이가 하는 말이 그녀는 걸핏하면 돈자랑하며 생색을 낸다고 했다. 순간 머리를 스치는 것이 있어 교실 벽에 붙은 표어를 지긋이 노려보았다. '물자 절약' 그녀는 물자절약 정신을 어겼던 것이다. 나는 그들에게 내일은 결판내겠다 하고 돌려보냈다.

다음 날 3교시가 끝나고 나는 그녀 앞에 가서 섰다. 깜짝 놀라 바라보는 그녀에게 나는 떨리는 마음을 다잡고 무섭게 노려보며 큰소리로 한마디를 쏘아붙였다.

"야! 물자절약 못하는 애!"

내 소리에 놀란 그녀가 미간을 좁히며 일어섰다. 무슨 소리냐고 하자 나는 똑같은 말을 반복했다. 삽시간에 교실 안 분위기가 술렁였다. 여학생들이 모두 일어서 내 뒤를 병풍처럼 에워쌌다. 그녀는 나에게 무슨 근거로 그렇게 말하냐 따져 물었다. 나는 그동안 아이들에게 들었던 이야기를 떨리는 목소리로 쏟아냈다. 그녀는 기가 막혔는지 그게 무슨 잘못이냐고 소리쳤다. 그때 뒤에서 욕지거리가 들렸다. 몇몇 학생들이 내뱉은 것이다. 그녀는 시뻘겋게 얼굴을 붉히며 도대체 너희들 뭐하는 짓이냐며 소리쳤다. 나는 그녀에게 당장 사과하라고 윽박질렀다. 참을 수가 없었던지 순간 그녀는 손을 뻗어 나의 멱살을 움켜쥐었다. 너무 놀란 나는 숨이 턱 막혀왔다. 상상도 못한 반격이었다. 겁이 났지만 내

색할 순 없었다. 나를 바라보는 수많은 시선들을 실망시킬 순 없었다. 순간 내 안에 어떤 뜨거운 것이 팍 솟구치며 나도 그녀의 멱살을 잡았다. 아이들의 함성이 들렸다. 나는 아무리 험한 꼴을 겪어도 이 싸움에서 꼭 이기겠다는 의지로 불타올랐다. 얼마간 힘겨루기가 이어지다 그녀의 손에서 힘이 스르륵 빠졌다. 큰 눈에 눈물이 그렁그렁 고였다. 그녀는 눈물을 옷소매로 훔치며 후다닥 교실 밖으로 뛰쳐나갔다. 여학생들은 환호했다. 모두들 나를 존경스러운 눈으로 바라보는 듯했다. 가슴이 벅차올랐다. 살면서 내 존재가 이렇게 부각되기는 처음이었다.

그러나 쉬는 시간이 끝나고 수업이 시작되었어도 그녀는 돌아오지 않았다. 뒤늦게 빈자리를 발견하고 선생님이 어찌된 일이냐고 묻자 여학생들은 모두가 고개를 숙였고 한 남학생이 쉬는 시간에 일어난 일을 고자질했다. 선생님은 나를 불러 세우고 왜 그랬냐고 다그치다가 나더러 당장 그녀를 찾아오라며 교실 밖으로 내쫓았다. 나는 어찌할 바를 몰라 복도에 가만히 서 있었다. 선생님이 무턱대고 나에게 화를 낸 것이 너무 서운하고 억울했다. 나는 단지 우리 반 여학생들을 대신해서 그녀의 문제점을 지적했을 뿐이었다. 십여 분이 지났을까 한 아이가 멍하게 서 있는 나를 교실로 불러들였다.

수업이 끝나고 선생님은 나와 싸움의 주동자인 세 명의 아이들을 불렀다. K의 어머니가 노발대발해서 전화를 했다며 K와 어머니에게 당장 사과의 편지를 쓰라고 했다. 우리는 K에게 조금은 미안함을 느꼈지만 왜 그녀의 어머니에게까지 사과해야 하는지 이해할 수 없었다. 마지못해 두 통의 편지를 쓰고 선생님에게 가져갔다. 선생님은 우리더러 K의 어머니가 일하는 식당에 가서 직접 전하라고 했다. 식당 근처에 사는 아이가 갖다주기로 했다.

K는 그 일이 있고서 사일 후에야 학교에 나왔다. 며칠간 그녀의 빈자리를 보며 내가 지나쳤나 하고 조금 후회했지만 그녀가 다시 왔을 때 용기 있게 다가가지 못했다. 일주일 후 선생님이 나를 불렀다. 이번에는 윽박지르는 대신 K와 친하게 지내는 게 어떻겠냐며 나를 달래며 사정했다. 선생님에게 서운한 감정이 남아 있던 내가 침묵하자 그는 그녀가 나와 꼭 친구가 되고 싶어하더라는 말을 전했다. 그의 부탁보다는 K에게 미안한 마음 때문에 나는 그러마했다. 그렇게 서로 화해하고 친구가 된 K는 나에게 지속적인 관심과 애정을 보냈다. 친구에게 주목과 인정을 받는 것이 이렇게 기분이 좋은 것인 줄은 처음 알았다.

그해가 끝나갈 무렵 K가 자신의 가정사를 어렵게 털어놓았다. 서울에서 살던 집 안 모든 살림살이와 밥숟가락에까지 빨간딱지가 붙은 것을 보고 한참을 울었다 했다. 아빠의 사업이 망해서 서울에서 아는 이 하나 없는 제주도로 오게 됐다고. 시내 외곽에 있는 허름한 집에 살았고 시내에서 작은 식당을 열어 부모님이 생계를 꾸려나가고 있었다. 그녀의 엄마는 어린 딸이 시골 학교에서 잘 적응하기를 얼마나 바랐을까. K가 사흘 동안 등교를 거부했을 때 그녀의 마음이 어땠을지는 나는 헤아리기 어려웠다.

똑똑한 언니와 애교 많은 여동생 사이에 끼여 나의 자존감은 항상 바닥이었다. 공부는 언니에 못미쳤고 외모는 딸 셋 중 제일 처졌다. 어떤 식으로든 부모에게서 특별한 관심과 사랑을 받아 본 적이 없었다. 그런데 K와의 사건에서 내 안에 잠재되어 있던 적극적인 성격이 때마침 모습을 드러낸 것이었다. 늘 머리를 처박고 공책에 그림만 그리며 살던 나는 그 이후로는 쉬는 시간이면 아이들과 함께 수다를 떨거나 운동장에서 뛰어놀았다. 그러는 사이 내 몸에도 변화가 일어났다. 체육 시간에 빈혈로 나무 그늘에 앉아 쉬어야만 했던 아이가 이제는 누구보다 활기차게 뛰어다녔다. 혈색도 좋아졌고 그 동안 달고다니던 피부병도 사라졌다. 수줍어서 말도 잘 못했던 나는 대장처럼 친구들을 몰고 다녔다. 학교 가는 것이 신났고 나를 좋아해주는 친구들과 함께 있는 시간이 가장 행복했다.

K와의 긴밀한 인연은 그리 길지 않았다. 학년이 오르며 반이 갈린 것이다. 한 학년에 열 학급이나 되니 그녀와 내가 마주칠 일은 거의 없었다. 어쩌다 만나면 짧은 인사만 남기고 헤어졌다. 다방면으로 재능이 많았던 그녀는 새로운 반에서 인기가 많았다. 친구들을 살뜰히 챙겼고 급우들도 그런 그녀를 좋아했다. 선생님의 지명이 아닌 투표로 급장 선거 방식이 바뀌자 그녀는 단번

에 급장으로 선출될 정도로 아이들의 인정을 받았다. 중고등학교에서는 전교 회장이 되었다는 소식을 들었다. 나와는 비교할 수 없을 정도로 그녀는 대단했다.

대학 시절 우연히 그녀를 만나서 지난 이야기를 주고받을 기회가 있었다. 이 사건을 기억하냐고 내가 물었다. 뜻밖에도 그녀는 전혀 기억하지 못했다. 나는 그 일로 인해 내 인생에서 아주 중요한 전환점을 맞았다고 그녀에게 미안함과 감사를 전했다. 그녀는 다소 어리둥절해하며 미소로 응답했다.

엄마는 왜 졸업식에 오지 않았을까

#1 어떤 엄마의 이야기

은하는 문 앞에 서서 다시 한번 사정했다.

"엄마, 그래도 꼭 내일 졸업식에 와주세요."

나는 미동도 없이 벽을 보고 누워 있었다. 조금 뒤에 문이 닫히는 소리가 들렸다. 이불을 끌어다 머리 위까지 덮고 베개에 얼굴을 파묻었다. 내일 은하는 초등학교를 졸업한다. 5학년까지 공부하라는 말을 안 해도 알아서 우등상을 받아왔다. 다른 자식들과 달리 자기 일은 알아서 책임감있게 잘했기에 우등상을 못 받는다는 말을 들었을 때 실망은 너무도 컸다. 왜 올 수 없냐고 묻는 딸에게 우등상도 못 받는 아이의 졸업식에 가서 뭐하겠냐고 했다. 울상이 된 아이를 보면서 마음은 아팠지만, 나의 결심은 흔들리지 않았다.

2년 전 첫째 딸 은정이가 초등학교 졸업식에서 외부 기관장 표창장을 받게 되었다. 시부모님과 남편, 아이들, 온 가족이 졸업식에 참석했다. 들뜬 마음으로 갔던 졸업식에서 전혀 예상치 못한 일이 벌어졌다. 표창 받는 수상자를 발표하는데 우리 아이 이름은 끝까지 불리지 않았다. 졸업식이 끝나고 담임 선생님을 찾아가 어떻게 이런 일이 있을 수 있냐고 따져 물었다. 최종심사에서 수상자가 바뀌어 상을 못 받게 되었다는 말을 들었다. 은정일 대신해서 현직 교육감 딸이 받게 된 사실을 알게 됐다. 며칠 전까지만 해도 우리 아이가 받기로 되어 있는 상이었다. 수차례 죄송하다는 선생님 말에 화도 제대로 못 내고 졸업식장을 나와야 했다. 남편은 식장에서부터 불편한 심기를 어김없이 드러냈다. 남편은 휴강하고 왔는데 이게 무슨 꼴이냐며 식사도 안 하고 학교로 가버렸다. 시부모님 모시고 어색한 분위기에서 식사하고 속병 나서 며칠 앓아누웠다. 그 끔찍한 기억을 떠올리는 장소에 다시 가고 싶지 않았다. 게다가 친하게 지내던 은하 반 학부형들에게서 동정의 시선을 받을 생각하니 더더욱 갈 수가 없었다.

제주도에서 특산물수출업을 하던 아버지는 8·15 해방 이후 사업이 잘 돼서 재산을 크게 불렸다. 나는 오빠 셋 다음에 태어난 귀한 딸로, 부모님의 지원과 사랑도 듬뿍 받았고 동네 결혼식에 화동으로 불려다닐 정도로 예뻤다. 결혼하기 전까지 나는 어디서나 공주 대접을 받았다. 1967년, 대학에 입학한 지 반 년 만에 아버지의 지원을 받아 제주도에 처음 생긴 은행에 취직했다. 고객 중 나를 보고 반해서 구혼하는 남자들이 꽤 많았다. 그 중 한 남자와 가을에 결혼식을 올렸다. 대통령도 이용했다는 관광호텔을 여럿 운영하는 유명한 집안의 아들이자 호텔 지배인인 그는 일본 명문대학을 졸업한 엘리트이기도 했다.

하지만 결혼을 하고 보니 시댁이 운영하는 호텔은 오래된 적자로 파산 직전이었고 남편은 허세를 간신히 유지하고 있었다. 이때부터 시집 잘 갔다고 부러워하는 사람들에게 거짓말을 해야 했다. 몇 해 지나지 않아 시댁의 호텔은 하나씩 다른 사람들 손으로 넘어가고 남편은 새로운 직장을 구해야 했다. 다행히 학벌이 좋아 대학교수가 되었다. 가세가 기울어졌음에도 불구하고 남편의 씀씀이는 여전했다. 교수 월급으로 아이 넷을 키우는 것도 힘든데 골프를 치고 자가용을 몰고 다녔다. 약혼식과 결혼식에서 받았던 예물 반지를 팔아야 했고 힘들 때마다 친정아버지에게 찾아가 울면서 도와달라고 사정해야 했다.

남편은 밖에서는 멋쟁이에 돈도 잘 쓰고 잘 베푸는 호인이라 불리었지만, 집안에서는 툭하면 화내고 피곤하다며 말 한마디 없이 안방에 틀어박혀 있곤 했다. 집안일에 무심했고 애들도 아빠를 어려워해서 눈치만 살폈다. 더욱이 여덟 살 연상인 남편이 나를 무시하거나 세상 물정 모르는 사람 취급을 할 때면 자존심이 상해 견딜 수가 없었다. 심지어 부부동반으로 모임이 있을 때면 남편 옆에서 말 없는 예쁜 인형이 되기를 바랐다. 어디서나 공주 대접을 받던 내가 견딜 수 없는 일이었다. 매일 밤 지인들 만나서 마작을 하거나 술 마시고 늦게 들어오는 남편에게 일찍 집에 들어오라고 다그쳐도 보고 사정도 해봤지만, 소용이 없었다. 남편을 기다리는 것도, 네 아이를 혼자 키우는 것도 진절머리가 나서 더는 참아낼 수가 없었다. 나를 이 지경으로 만든 남편을 용서할 수가 없었고 그 동안 쌓아두었던 분노로 속이 터져 죽을 것 같았다.

결국, 은하가 6학년 여름방학 때, 이혼해야겠다고 양가 부모에게 알렸다. 양가 어른들이 놀라서 황급히 집으로 찾아왔다. 다들 당황하는 기색이 역력했고 어떻게든 애들 봐서 참으라고 나를 달랬다. 남편에게도 부인을 잘 챙기라고 당부를 했다. 이혼은 절대로 안 된다는 것이었다. 그 후 잠시 남편은 집안일에 조금 신경쓰는 것 같았지만 오래 가지는 않았다.

졸업식 날 아침, 언제나처럼 나는 늦잠을 자고 있었다. 일 년 넘게 이어지는 불면증으로 아침에 학교 가는 애들을 챙겨주지 못한 날이 더 많았다. 밖에서 들리는 애들 소리로 잠이 깼다. 새벽까지 잠을 못 자 뒤척이느라 몸에 힘이 하나도 없었다. 조용히 문을 여는 소리가 들렸다. 은하가 나를 불렀다.

"엄마."

대답이 없자 은하는 다시 불렀다.

"엄마. 이따 꼭 오세요."

아이의 목소리는 애절했다. 눈을 감고 아무런 대답을 안 했다. 이대로 어디론가 사라지고 싶었다. 조용히 문이 닫혔다.

#2 은하의 졸업식

은하는 혹시나 하는 기대에 졸업식이 거행되고 있는 교실 뒤를 자꾸만 돌아보았다. 뒤편에 서 있는 많은 학부형 중에 엄마는 보이지 않았다. 늦더라도 엄마가 와줄 거라는 믿음이 있었다. 그러나 끝끝내 엄마는 나타나지 않았다. 졸업식이 끝나자 친구들은 부모님께 달려가 축하를 받았다. 은하보다 공부를 못하는 친구들도 엄마, 아빠, 할머니, 동생 온 식구가 와서 축하해주고 있었다. 은하는 엄마가 오지 않은 것을 들키기 싫어 조용히 교실을 빠져나왔다. 복도에 보니 한 살 어린 동생이 엄마가 보냈다며 예쁜 꽃다발을 안고 있었다. 하지만 손도 대기 싫었다. 그때 교실 밖으로 따라온 짝꿍이 같이 사진 찍자며 은하를 불렀다. 황급히 동생이 들고 있던 꽃다발을 뺏어들고 엄마가 교문에서 기다린다는 거짓말을 하고 동생을 데리고 밖으로 나왔다.

'내가 그렇게도 부끄러운가? 창피한가?' 졸업식에 오지 않은 엄마를 이해한다는 것은 아이의 머리론 불가능했다. 설움에 얼굴을 붉힌 채로 가슴에 지워지지 않을 상처를 새겨넣으며 은하는 6년간 다닌 학교를 도망치듯 빠져나왔다.

#3 나의 이야기

이 글은 사실 엄마와 나의 이야기이며, 은하라는 이름을 빌려 쓴 나의 졸업식 때 일어난 일이다. 나로서는 엄마가 졸업식에 무슨 이유로 오지 않았는지 오랜 세월 이해할 수 없었다. 짧은 소설 형식을 빌려서나마 엄마의 마음으로 들어가보고 싶었다. 순전히 내 기억으로만 쓴 글이기에 사실과는 다를 수 있겠지만 조금이라도 더 객관적으로 그를 이해할 수 있을까 해서….

십여 년 전, 엄마가 돌아가시기 전에 나는 무슨 이유로 졸업식에 올 수가 없었냐고 따지며 물었던 적이 있었다. 엄마는 그 당시 사는 게 너무 힘들었다는 말과 함께 오래된 지난 일을 그만 잊으라 했다. 대답은 짧았다. 그의 특유의 단호함에 더 묻질 못했고 상처는 회복되지 않은 채 그대로 만성통증이 되어 이따금 나를 힘들게 했다. 남 보기에 대수롭지 않은 일일 수도 있지만, 그 졸업식에서 받은 상처는 내 인생에 큰 영향을 끼쳤다. 그날 이후부터 우등상 혹은 일등에 대한 집착이 커졌다. 중학교 3학년 때에는 엄마가 졸업식에 안 올까봐 걱정되어 등수가 한 단계만 떨어져도 편두통을 심하게 앓아야 했다. 대학에서도 직장에서도 제일 뛰어난 사람이 되어야 했다. 조금이라도 뒤처져선 안 되고 항상 승자가 되어야 했다. 주위에서 지독한 사람이란 말을 종종 들었고 브레이크 없는 폭주기관차 같다는 생각이 들 때도 있었다. 물론 인정을 받거나 성취를 하면 잠시나마 기분이 좋았다. 하지만 늘 불안에 시달려야 했고 외로웠다.

사십대 중반에 결혼하면서 직장을 그만두고 마음공부를 시작했다. 공부를 하다보니 오랜 불면증은 우울증 증세 중 대표적인 증상이라는 것을 알게 되었다. 어쩌면 엄마도 우울증을 앓았던 게 아닌가 싶었다. 마음의 병을 앓고 있었다고 생각하니 엄마가 가여워졌다. 얼마나 외로웠을까.

돌아가시기 전까지 엄마는 아빠를 용서하지 않았지만, 자식들을 사랑했으며 가정을 지켰다. 나는 아직도 그 당시 엄마가 지켜야만 했던 자존심의 무게를 완전히 이해하지 못했다. 하지만 아마도 그럴 수밖에 없었을 엄마를 이제는 원망하지 않는다.

엄마가 아무리 힘들어도 졸업식에 와서 축하해줬다면 나는 어떤 인생을 살아왔을까? 더 편안하고 행복했을까? 일등에 연연하지 않고 느긋하게 살았을까? 아니면 최고만 대우하는 세상에 나와서 뒤늦게 상처받고 괴로워했을까? 보상을 받으려 치열하게 살아온 덕에 지금 이만큼 누리는 것을 생각하면, 초년고생이 꼭 나쁜 것 같지만은 않다.

이만큼 복 받아

J가 국어 선생님 아이를 뱄다는 소문이 들렸다. 총각이었던 선생님은 당시 학생들 사이에 인기가 많았다. 사실 여부도 파악하지 않은 채 학생들은 그녀를 따돌렸다. 나는 그녀가 괜한 비난을 받고 있다는 생각이 들었다. 그녀는 아랑곳하지 않고 무표정하게 하루 종일 자리에서 꿈쩍하지 않았다. 짧은 곱슬머리, 짙은 눈썹, 깊은 쌍꺼풀에 다소 발그레한 얼굴은 성숙한 이미지를 풍겼다. 어느 날엔가 우연히 그녀와 나의 눈이 마주쳤다. 잠시 나를 응시하는 그녀가 무언가 말을 건네는 느낌이 들었다. 괜히 어색해져서 외면했지만 그 눈빛이 마음에 자꾸 걸렸고 결국 짝에게 양해를 구해 아무도 앉으려 하지 않는 그녀의 비어 있는 옆자리로 옮겼다.

J가 흠칫 놀라며 나를 바라봤다. 나는 무덤덤하게 그녀에게 며칠간 네 옆에 앉을 거라고 말했다. 그녀는 대답 없이 고개를 돌렸

다. 첫날은 우리 사이에 어색함이 흘렀지만, 둘째 날엔 짧게 몇 마디 나눴다. 셋째 날에 조심스레 국어 선생님과의 소문에 관해 물어보았다.

"그년들이 자꾸 귀찮게 해서 그냥 그렇다고 했어."

그년들이라 함은 우리 반에서 불량한 친구들을 가리켰다. 사실이 아니라는 걸 확인했지만 그녀의 태도를 이해하긴 힘들었다.

나흘째 되던 날 J는 오른손에 붕대를 감고 학교에 왔다. 깜짝 놀라 어쩌다 손을 다쳤냐고 물었다. 인상을 찌푸리며

"그년들 때문에."

이번에 그년들은 그녀의 계모와 그의 딸이라고 했다. J가 말하기를 아빠는 재혼했고, 계모와 의붓동생은 그녀를 심하게 괴롭힌다고 했다. 어제는 화가 치밀어올라 화장실 창문을 맨손으로 쳤단다.

평소 오지랖이 넓은 나는 종종 친구들 고민을 들어주고 해결해주는 걸 즐겼다. 그런데 J의 문제는 여태껏 들어온 고민 중에 가장 위험했고 상상하기 어려울 정도로 고통스러웠다. 거기다 자해로 다친 손을 보니 그녀가 무서워지기까지 했다. 짐짓 태연하게 그녀의 이야기를 끝까지 들어주었고 '그년'들을 같이 욕해주었다. 하지만 내 맘속은 혼란이 가득했다. 그녀가 불쌍했지만 자칫 잘못하면 그녀의 슬픔에 같이 매몰돼버릴 것 같은 두려움에 빠졌다. 나는 그 다음 주에 원래의 짝꿍에게로 슬며시 돌아갔다. 며칠

간은 J를 볼 때마다 죄책감을 느꼈지만 고등학교 입시가 얼마 남지 않아서 공부에 집중하며 애써 그녀를 외면해버리고 말았다.

입시를 치르고 겨울방학을 앞둔 날, 교실 안은 아이들의 수다로 시끌시끌 소란스러웠다. 나 또한 친구들과 떠드느라 정신이 없었다. 갑자기 한 친구의 얼굴이 굳어졌다. 고개를 돌려보니 뒤쪽에서 J가 우리를 향해 다가오고 있었다. 다들 시선을 피하고 하던 말을 멈췄다. 그녀는 내 앞으로 다가오더니 커다란 봉투를 내밀었다. 얼떨결에 받고서 무엇이냐고 물으려 하는데 그녀는 벌써 뒤돌아서 자기 자리로 가고 있었다. 조용하던 친구들이 내 손에 들린 봉투를 두고, 무슨 몹쓸 물건을 보듯이 불쾌한 표정을 지었다. 누군가는 그냥 버리라고 말했다. 하지만 나는 그 봉투를 책상 서랍에 넣었다.

친구들이 자리로 돌아가자 나는 기대 반 불안 반으로 조심스럽게 그 봉투를 열어보았다. 독한 잉크 냄새가 코를 찔렀다. 복주머니 모양으로 만든 카드였다. 가운데에 한자로 福 자를 그려넣고 보라색, 청색 사인펜으로 빈틈 하나 없이 꼭꼭 눌러 색칠한 카드였다. 펼쳐보니 그 안에는 큰 글씨로 '성은아, 이만큼 복 받아'라고 쓰여 있었다. 고마움과 미안함에 눈물이 맺혔다.

오랜 독신생활 끝에 마흔다섯에 맘에 맞는 남자를 만나 가정을 꾸렸다. 야트막한 산 아래 멀리 호수가 보이는 주택에서 신혼을 시작했다. 어느 날 거실 소파에 앉아 남편이 샤워를 하며 흥얼거리는 노래 소리를 들었을 때 행복에 잠기며, 어쩌다 나에게 이런 행운이 왔을까 싶었다. 늦은 나이라 결혼은 거의 포기하고 있었기 때문이다. 문득 J의 카드가 생각났다. 이전에도 간혹 행운이 찾아올 때면 '이만큼 복 받아'라고 쓰인 카드가 마치 부적처럼 떠올랐다. 겨우 일주일간 짝이 되어주고 그녀의 사연을 들어주기만 했을 뿐인데 아주 작은 나의 배려를 그녀는 소중하게 여겨주었던 것이다. 카드를 받고 제대로 고맙다고 인사도 못했는데….

J와의 인연은 중3 시절에서 끝나버렸다. 고등학교를 서로 다른 곳으로 가며 소식이 완전히 끊겼다. 동창들을 통해 그녀를 찾아보려 했지만 안타깝게도 전혀 소식을 들을 수 없었다. 어쨌거나 그 동안 나도 마음속으로 수없이 그녀에게 답장을 보냈다.

'J야, 너도 이만큼 복 받아.'

눈길

서울올림픽이 열리는 해에 나는 진로도 정하지 못한 채 고3을 맞았다. 미술학과에 지원하고 싶었지만, 부모님의 반대로 좌절을 겪었고 남들이 하니 나도 한다는 식으로 뚜렷한 목표 없이 대입을 준비하고 있었다. 2학기 개학하고 얼마 지나지 않았을 때 내 뒷자리에 앉는 정민이가 화구 박스를 들고 등교했다. 무슨 일이냐고 물었더니 J대 디자인학과에 지원하려고 미술학원에 다니기 시작했다고 했다. 입시를 3개월 반도 안 남겼는데 그게 가능한 일이냐고 물었다. 거기가 신설 학과인데 실기를 조금만 반영하고, 그 실기 종목도 금방 익힐 수 있다고 했다. 그 순간 눈이 번쩍 뜨였다. 나는 수업이 끝나자마자 담임 선생님 면담을 요청했다. 정민이 얘기를 꺼내고 나도 그 학과에 지원하면 합격할 수 있겠냐고 물었다. 선생님은 별일 아니라는 듯이

"네 성적이면 문제없어. 관심 있어? 해봐."

라고 시원하게 대답했다. 첫 번째 관문은 쉽게 통과했다. 그 다음 차례는 부모님이었다. 집에 들어가서 엄마의 기분을 살폈다. 평소와 달리 편안해 보였다. 초조함을 달래며 선생님과 상담한 내용을 말했다. 이게 웬일인가. 엄마도 단번에 승낙했다. 3개월 학원비만 내주면 되냐면서. 꿈 같은 일이 벌어졌다. 다음 날 나는 엄마와 함께 친구가 다니는 학원에 찾아갔다. 원장님은 내 성적으론 걱정 없다며 오히려 재수해서 서울의 상위권 대학에 가보는 건 어떠냐고 제안했다. 엄마는 그럴 필요까진 없다며 그냥 J대에만 합격 시켜달라고 부탁했다. 그날부터 나는 이젤 앞에 앉았다.

실기시험에는 석고상 소묘와 구성 종목이 있었다. 석고 소묘 시험을 대비해서 원장님은 시험에 나올 걸로 예상되는 석고상을 지정해서 그것만 반복하여 그리게 했다. 구성은 주어진 시간 안에 주제에 따라 도화지에 면을 나누고 각 면에다 색을 칠하는 것인데 두 달이 지나자 이 종목에서는 기존 학원생들보다 내가 더 잘하기도 했다. 숙련된 기술보다 아이디어와 색채 감각이 우선이었다. 그러나 석고 소묘는 기본기를 요구했다. 완전 초보인 나는 제대로 형태를 잡지 못했고 섬세한 음영 묘사에도 서툴렀다. 3개월이 지나도 실력은 크게 나아지지 않았다. 이 종목은 포기해야 하나 싶었다. 입시 날짜가 닥쳐오자 불안과 초조함은 극에 달했다. 게다가 학원에서 거의 자정까지 그림을 그리다보니 필기시험 공부에 할애하는 시간은 대폭 줄었다.

지금의 수능에 해당하는 학력고사는 12월에 있었다. 학력고사는 수험생이 지원한 대학에 가서 봐야 했다. 전날 바람이 강하게 불긴 했지만, 당일에 비나 눈이 온다는 예보는 없었다. 하지만 시험날 아침, 이례적으로 12월의 폭설이 내렸다. 창밖을 내다보던 엄마는 걱정스러운 얼굴로 운전이 불가능할 것 같다며 얼른 채비해서 버스를 타고 가자고 했다. 서둘러 나와보니 집 앞 도로에서부터 차들이 마구 뒤엉켜 있었다. 제주도엔 눈이 와도 엔간해선 쌓이지 않기 때문에 당시엔 제설차도 몇 대 없었다. 엄마와 나는 넘어지지 않도록 조심하며 정거장으로 달려갔다. 보통은 집에서 대학까지 버스로 45분 정도 걸리는데 이런 도로 사정이라면 한 시간 안에 도착할까 싶었다. 다행히 서둘러 나왔기에 아직 시간 여유는 있었다. 엄마와 나는 이미 만원이 된 버스에 겨우 올라탔다. 두어 정거장을 지나자 버스는 더는 정차하지 않았다. 정거장뿐만 아니라 거리에는 수험생과 부모들이 울상을 짓고 위태로운 모습으로 어떻게든 버스에 타보려고 손을 흔들고 있었다. 버스는 예상 시간을 훌쩍 넘어 한 시간 반이 걸려서야 고사장에 도착했다. 시험장까지 뛰어가야 얼추 시간을 맞출 수 있었다. 엄마는 끝나고 교문에서 기다리고 있을 테니 시험 잘 보고 오라며 내 어깨를 두드렸다.

가까스로 시간 안에 시험장에 도착해보니 드문드문 빈자리가 보였다. 그때 칠판 옆 작은 스피커에서 폭설로 인해 시험 시작이

한 시간 연기된다는 안내가 들렸다. 한 시간 자습시간이 주어지고 수험생들이 얼추 다 도착하니 1교시 시험이 시작됐다. 10여 분쯤 지났을까 갑자기 코에서 주르륵 피가 흘렀다. 주머니에서 얼른 휴지를 꺼내 코를 막았다. 이 중요한 시간에 웬 코피냐 싶었다. 다행히 오래지 않아 멈췄다. 일곱 시간이 어떻게 지났는지 모르겠다. 시험은 예상보다 어려웠다. 내가 믿을 건 필기시험 점수였지만 썩 좋은 결과를 기대할 순 없었다. 시험장을 나오니 밖엔 이미 어둠이 내리고 있었다. 발목까지 쌓인 눈은 조금도 녹지 않았고 교문으로 내려가는 길은 상당히 가팔랐다. 여기저기서 미끄러져 넘어지는 이들이 있었다. 조심해야지 하면서도 마음이 급해졌다. 3일 후에 치러질 실기시험 준비로 얼른 학원으로 가야 했다.

'악!' 한순간이었다. 눈길에 미끄러진 나는 발라당 엉덩방아를 찧었다. 살짝 통증이 느껴질 때 머릿속에서 이런 소리가 들렸다.

'넌 떨어졌어. 미끄러졌다고! 어휴, 지지리 운도 없지.'

자빠진 채로 눈을 질끈 감았다. 그냥 사라져버리고 싶었다. 그 짧은 순간에 힘들었던 지난 3개월이 떠올랐다. 이번에 떨어지면 부모님이 내년에 또 학원을 보내줄 리도 없는데 어렵게 잡은 기회를 이렇게 날리고 마는 건가. 울고 싶은 마음을 누르고 간신히 일어섰다. 다행히 크게 다치진 않은 듯했다. 몇 발자국 갔을까. 엄마가 날 불렀다. 당신은 글썽글썽한 눈으로 나를 바라보고 있었다. 부끄러워서였을까 아니면 참았던 긴장이 풀려서였을까. 왈칵 눈물이 쏟아졌다. 엄마는 그런 나를 꼭 끌어안아주었다. 그 품은 마치 내가 태어나기 전 엄마 배 속에 있는 느낌처럼 평온하고 따뜻했다. 이대로 영원히 머물고 싶었다. 어느새 절망감은 스르르 사라지고 의욕이 조금씩 생겨났다.

다음 날부터 날씨가 개이더니 실기고사를 치르는 날엔 눈은 거의 흔적도 없이 사라졌다. 긴장은 많이 했으나 큰 실수 없이 치렀다. 가채점을 해보니 합격은 할 것 같았지만 결과 발표일까지 긴장을 늦출 순 없었다. 그런데 세상에 이런 일이! 나는 차석이라는 호성적으로 합격했다.

내가 디자인학과를 지원하겠다고 말한 날부터 엄마는 절에 다니기 시작했다고 했다. 엄마 친구 중에 나와 동갑인 자녀를 둔 이가 같이 가자고 하니 당신도 얼떨결에 가게 됐고 친구가 자식 합격을 위해 백일기도를 드리니 엄마도 따라 했다. 불상 앞에 일반 양초의 다섯 배는 더 굵은 붉은 양초에 불을 피웠다. 그 촛불은 백일 내내 불을 밝혔고 폭포수가 흘러내린 것처럼 보이는 화려한 촛농을 만들었다. 입시 전날 엄마는 절에서 그 초를 가져와서 나에게 보여주며 친구가 피운 초보다 당신의 초가 예쁘게 잘 탔다며 좋은 운이 있을 것 같으니 걱정 말고 시험이나 잘 보라고 했다. 말로는 고맙다고 했지만 사실 나는 엄마의 말을 믿지 않았다. 절에 가서 나를 위해 기도를 했다기보다 장손인 남동생이나 당신을 위해 기도했을 거라 생각했다. 그때까지 엄마를 믿고 기대본 적이 없었다. 대체로 자식들에게 무심했고 언제나 엄하고 무뚝뚝했다. 둘째 딸인 내게는 특히 관심을 보이거나 살갑게 대한 적이 거의 없었다.

나에게 그날 엄마가 보여준 매우 낯선 태도는 꽁꽁 얼어붙었던 내 마음을 한순간에 녹여주었고 기억 깊숙이 각인됐다. 늦게서야 알았다. 엄마가 나를 사랑하긴 한다는 것을….

김 기사, 미스 김, 어이!

1994년 7월, 인테리어디자인 회사에 근무하고 있을 때의 일이다. 회사는 나를 수원에 있는 SS패션 종합매장의 인테리어 공사 감독으로 배정했다. 2층 건물에 칠십 평이 넘는 종합매장이라는 말을 듣고 놀라지 않을 수 없었다. 나는 입사한 지 일 년 반밖에 지나지 않은 데다 고작해야 이십 평 내외 작은 매장을 서너 군데 감독해보았을 뿐이었다. 게다가 나는 공사부가 아닌 설계실 소속 디자이너였다. 수원 종합매장 규모면 최소 3년차 이상의 경력이 필요한데 인력이 부족하니 애송이를 쓸 수밖에 없었던 모양이다. 자신이 없어 불안해하는 나에게 회사에서는 공사부 이 과장이 수시로 지원해줄 테니 문제는 없을 것이라 했다. 오히려 언제 이렇게 큰 현장을 맡아보겠느냐며 고맙게 생각하라고 했다.

공사현장은 거대한 찜통이었다. 창문이 없는 의류매장 특성상 바람이 들어오는 통로는 입구밖에 없는데 그마저도 먼지를 차단하려고 비닐로 막아놨다. 대형 선풍기가 돌아갔지만 실내 기온을 낮추기에는 역부족이었다.

공사가 진행되는 동안 폭염경보가 내려졌고 현장에선 해결해야 할 일이 끊임없이 발생했다. 도면 치수를 잘못 보고 제작한 벽장을 뜯어야 했고, 건물 외벽 공사를 할 땐 후들후들 다리를 떨며 곡예사처럼 철봉 같은 비계를 타고 지붕까지 올라가서 땡볕에 감독해야 했다. 아침부터 작업자들은 일찍 와서 기다리는데 자재 수급에 문제가 생기는 바람에 공친 날도 있었다. 휴일에도 못 쉬고 어쩌다 시간이 나면 서초동에 있는 회사로 들어가 정산업무를 해야 했다. 강남에 살고 있던 나는 수원 현장까지 출퇴근하는 데만 네 시간이 걸렸고 끼니마저 거르기 일쑤였다.

시공 문제는 하나씩 해결하면 그만이었지만, 공사 관계자들의 태도에서 받은 상처는 쉬이 낫지 않았다. 대리점 점주는 이십대 중반에 경험도 없어 보이는 여자가 감독이라고 할 때부터 못마땅해 했다. 늘 내 주변을 맴돌며 시도 때도 없이 불러서 트집을 잡고 흠을 찾아내고는 다 새로 하라고 윽박질렀다. 공사 작업자들은 내 직함이 공사감독임에도 '김 기사, 미스 김' 아니면 아랫사람 부르듯 '어이!' 하며 나를 불렀다. 일용잡부들은 틈날 때마다 짓궂은 농담을 하며 놀려댔고 작은 못이나 나무 조각을 나에게 던지며 위험한 장난을 쳤다.

그 중에서도 가장 나를 열받게 하는 사람이 있다면 자주 들러서 지원해주기로 한 이 과장이었다. 일주일에 한두 번 와보고는 혹여나 나에게 붙잡혀 원망의 소리를 들을까봐 황급히 내빼곤 했다.

우연히 다른 현장에 파견된 남자 직원들의 상황을 알게 되었는데 나보다 회사 지원도 심지어 수당도 더 받고 있었다. 관리부에 연락해서 항의하자 해명은커녕 여성임에도 불구하고 현장감독으로 일하게 해준 것에 감사하란 말만 되풀이했을 때는 말문이 막혔다.

공사 후반에 정신적 육체적 한계를 느끼자 회사에 전화해서 제발 아무라도 좋으니 지원인력을 보내달라고 애원했다. 딱하긴 했는지 어느 날 보조인력을 현장에 보내주긴 했다. 대리석 바닥 공사가 한창일 때 신입 여직원이 홀연히 나타난 것이다. 공사현장을 처음 와본다는 그녀는 하늘거리는 원피스를 입고 하이힐을 신고 있었다. 현장에는 갈아낸 대리석 먼지가 뿌옜고 무더위에 마스크를 쓴 작업자들이 좀비처럼 움직이고 있었다. 나는 그에게 쓰레기를 담을 마대자루와 빗자루를 건넸다. 왜 이런 걸 자기에게 주냐는 표정을 무시하고 청소할 곳을 지시했다. 잠시 후 다시 그녀에게 돌아가보니 청소를 하는 건지 마는 건지 비질 몇 번 하고 먼지를 피해 밖으로 나갔다 들어오길 반복하고 있었다. 내가 다가가자 '하늘하늘'이 한다는 말이

"울 엄마가 보면 얼마나 속상해할까."

하마터면 욕을 내뱉을 뻔했다. 이래서 여자들을 현장에 안 보낸다고 하던가. 현장감독임에도 매일같이 먼지를 뒤집어쓰고 온갖 허드렛일까지 하는 내 앞에서 할 소린가. 분노의 눈초리로 그녀를 노려보자 흠칫 놀라서 재빨리 쓰레기를 담기 시작했다.

폭염 경보 속에서 죽을힘을 다해 현장을 마무리했을 때 한 달 새에 몸무게는 5킬로그램이나 빠졌고 목 뒤에 밤알만 한 혹이 생겼다. 목을 움직일 수 없어 여러 병원을 전전한 끝에 임파선염에 걸렸다는 걸 알았다. 내 현장 경력이 한 단계 상승했을지는 모르지만 회사의 무책임한 처사에 나는 치를 떨었다. 그러나 이대론 물러설 수 없었다. 나를 증명해보이고 싶었다. 최소한 당신들이 함부로 대할 수 없게 만들 거라고 말이다. 점차 일에 요령이 붙고 다양한 경력이 쌓이자 나의 바람대로 중요한 업무만 맡는 핵심인력으로 부상했다. 하지만 남자 직원이 근무 중 사고를 쳐서 문제가 생긴 프로젝트를 나에게 떠넘기려하자 이번에는 미련없이 사직서를 제출하고 더 나은 회사로 자리를 옮겼다. 얼마 지나지 않아 직전 회사가 곧 부도날 거란 소식을 들었다. 전혀 안타깝지가 않았다.

직장에서 여자가 인정받으려면 남자의 세 배를 일해야 한다고 들었다. 똑같이 일하면 무능하다고 하고 두 배로 일해야 남자만큼 한다고 하고, 세 배를 일해야 일 좀 한다는 소리를 듣는다고 말이다. 마흔다섯 살까지 직장생활을 하며 이 말도 안 되는 속설이 거의 사실이었음을 알았다. 같은 실력이라 해도 여성은 승진도 느렸고 여성의 영역이 아니라는 이유로 다양한 경력에 접근할 기회도 드물었다. 한편 여자들의 적이 여자라는 말도 얼마큼은 맞았다. 현장지원 왔던 하늘하늘 원피스는 6개월 후에 회사를 그만두더니 얼마 후엔 결혼한다는 소식을 알려왔다. 입사 1년도 버티지 못하는 그녀를 두고 얼마나 남자 직원들이 말이 많았던가.

이십여 년 전과 달리 지금은 세상이 많이 바뀌었다. 직장생활을 하며 결혼과 출산을 조절하거나 병행하면서 성취해나가는 여성들이 많다. 과거의 나와는 달리 직장에서 부당한 처우에도 당당히 개선을 요구하며 극복해나가는 이들도 적지 않을 것이다. 하루하루 치열하게 일하는 그녀들을 큰소리로 응원한다.

국가 부도의 날

영화 〈국가 부도의 날〉을 보았다. 아무런 예고도 없이 대한민국에 들이닥친 경제재난, 1997년 IMF 외환위기를 그린 작품이었다. 순식간에 무너져가는 회사와 가정을 지키려는 등장인물들을 보며 잊고 싶은 그 시절이 떠올랐다. 그해 나는 스물여덟 살, 고향 제주를 떠나 서울에서 직장생활을 하며 성공을 향해 발버둥치던 때였다.

아침부터 직원들 얼굴에는 어두운 그림자가 드리웠다. 오전 내로 감원대상을 발표한다고 예고되었기 때문이다. 꽤 튼실한 기업이라고 알려진 우리 회사도 IMF 외환위기를 피해갈 순 없었다. 회사 설립 후 맞이한 가장 큰 어려움으로 사장실에선 매일 비상회의가 열렸다. 급여 동결에 상여금 지급도 중단됐다. 경제가 살아날 조짐이 보이지 않자 급기야 희망퇴직 신청을 받았다. 그러나 아무도 지원하지 않았다. 내가 근무하던 곳은 도급순위 20

위로 실내 건축업계에선 큰 편이었다. 직원은 설계부에 10명, 공사부에 34명, 관리부에 6명으로 총 50명이었다. 대기업에서 수주한 백화점, 오피스, 병원 인테리어 공사가 주업무였다. 삼성 계열사를 주거래처로 둬서 기존에 수주한 일감은 진행되었지만, 새 일감 수주는 완전히 중단되었다.

취직할 때만 해도 경기는 호황이었다. 일이 넘쳐서 매일 야근에 쉬는 날도 없이 일했다. 일도 능숙해져서 자신감도 붙어가던 5년차 때였다. 직원의 반을 감원한다는 소문이 돌기 시작했다. 감원대상을 정하는 기준으로 근무성적, 여성, 미혼, 지방 출신이라는 말을 들었다. 이 중 세 가지가 나에게 해당됐다. 미혼 여성에 제주도 출신인 나는 감원 대상 1호나 다름없었다. 근무성적이 좋으니 걱정하지 말라고 설계실 부장님이 살짝 귀띔을 해주었지만 맘놓고 있을 수는 없었다. 이런 식으로 잘리는 건 죽기보다 싫었다.

누구누구가 감원될 거라는 좀 더 구체적인 소문이 돌았다. 다행히 그 명단에 내 이름은 오르지 않았지만 거론된 이들은 안절부절못하고 있었다. 나도 긴장을 완전히 떨쳐버릴 수가 없었다. 혹시나 하는 마음에 숨소리도 죽여가며 없던 일도 찾아서 했다. 평소보다 하루가 너무 길었다.

내가 살던 반지하 원룸이 위치한 한남동에는 한국에서 가장 규모가 큰 인테리어디자인 회사가 있었다. 사옥도 근사한데 1층에는 실험적이면서 모던한 카페도 있었다. 그 앞을 지날 때마다 부러움에 발걸음을 멈추곤 했다. 나 같은 지방대 출신은 꿈도 꾸지 못하는 직장이기도 했다. 그런 회사도 이 위기를 피해가지 못했다.

국가재난은 밤거리 풍경도 바꿔놓았다. 손님이 없어 술집들은 초저녁에 문을 닫았다. 어느 날 늦게 귀가하면서 본 광경은 차마 잊을 수 없었다. 남산을 낀 어두운 도로에는 몸을 팔러나온 여성들이 가로등 주변에서 지나가는 차에 손짓을 하고 있었다. 세상이 다 망하고 있는 것 같았다.

감원대상자를 발표하는 날 오전 임원회의가 끝나자 관리부장은 부서를 돌며 회사에서 지급한 방한 점퍼를 입고 모두 옥상으로 올라가라고 말했다. 무슨 일인가 다들 의아해하다가 하나둘씩 옷을 걸쳐 입고 움직였다.

한겨울 추위는 매서웠다. 찬바람이 몰아치자 다들 몸을 움츠리고 발을 동동거렸다. 관리부장은 삼발이를 설치하고 카메라를 고정했다. 가장 늦게 나타난 사장님은 침울한 표정으로 자신이 세운 회사에 직원이 50명이나 있었다는 것을 사진으로 남기고 싶다고 말했다. 직원들은 웃지도 울지도 못하고서 카메라를 향해 서 있었다.

사무실로 돌아왔을 때는 명단이 게시판에 붙어 있었다. 그걸 확인하고 조용히 짐을 싸는 몇몇 직원들. 그들을 차마 지켜볼 수 없어서 뛰쳐나가는 부장님. 화를 피한 대부분은 나처럼 고개를 푹 숙이고 자리에 앉아 있었다. 나도 다행히 남겨진 자였다. 하지만 일자리를 잃은 직원들에 대한 미안한 마음에 목이 메었다. 나가는 사람이나 남아 있는 사람이나 모두 패배자였다. 어디서부터 잘못되었는지 무엇을 원망해야 할지. 이 끔찍한 시기는 언제 끝이 날는지 가늠이 되질 않았다. 이날은 모두에게 씻을 수 없는 상처를 남겼다. 옥상에서의 쓸쓸한 단체 사진과 함께.

IMF 위기 이후 평생직장이란 말이 사라지고 취업률은 쉽게 예전 수준으로 돌아가지 않았다. 20년 전 일어났던 일을 재조명한 영화를 보면서 그때나 지금이나 크고 작은 재난에 우리는 무력하게 노출되어 휩쓸리고 마는구나 하는 생각에 마음이 무겁다.

이번의 생물학적 재난은 언제 끝날 것인지….

2부

네 번째 발톱

프로스펙스

신던 운동화가 낡아서 새로 사야 했다. 어머니에게 이번만큼은 언니나 동생 것보다 더 좋은 걸 사달라고 졸랐다. 늘 언니의 물건을 물려받거나 동생 것을 같이 쓰면서 불만이 켜켜이 쌓여 있었다. 어머니는 본인보다 돈줄을 쥐고 있는 아버지와 직접 매장에 가서 고르는 것이 낫겠다며 기다려보라고 했다. 언제나 일류를 지향하던 그였기에 좋은 것을 사줄 것 같다는 기대감은 날로 커갔다. 일주일 넘게 기다린 후 드디어 날짜를 잡았다.

아버지는 나에게 있어 높고 먼 곳에 있는 사람이었다. 날마다 술에 취해 밤 늦게 들어왔고 쉬는 날이면 피곤하다며 방안에서 잠만 잤다. 애교 많은 여동생은 아무렇지도 않게 아버지의 무릎 위에 올라앉았지만 부끄럼이 많던 나는 근처도 못 갔다. 어쩌다 언니가 치는 피아노 연주에 맞춰 노래를 부르는 아버지의 모습을 볼 때면 부러움과 질투심에 빠졌다. 하지만 언니보다 외모나 공부로 뒤처진 나를 그가 관심 없어 하는 것이 슬프지만 당연하게도 여겨졌다. 어느새 부녀지간에 자리잡은 어색함은 익숙함으로 변했다. 그런 관계였기에 내가 어느 학교를 다니고 몇 학년인지조차 그는 알지도 못할 거라 생각했다. 고등학생이 되어서야 처음으로 아버지와 단둘이 쇼핑가는 일이 일어나다니 이건 정말 역사적인 사건이었다.

아버지 차를 타고 시내로 가는 동안 내가 혹여 말실수라도 해서 그의 기분을 상하게 하지 않을까 하는 걱정에 입을 꼭 다물었다. 운전에만 신경쓰는 듯 보이는 그도 단 한마디 말을 하지 않았다. 중앙로 쇼핑센터에 도착하자 나는 아버지에게 신제품을 내놓은 프로스펙스 매장으로 가자고 했다. 1980년대 말 학생들에게 최고 인기 신발 브랜드는 '나이키'와 '프로스펙스'였다. 매장에 들어서자 그는 내게 골라보라고 했다. 재료와 모양이 다른 색색의 운동화가 벽면 가득 전시되어 있었다. 진열장 왼쪽에는 저가의 제품이, 오른쪽으로 갈수록 고가의 운동화가 있었다. 나의 마음은 오른쪽에 있었지만, 차마 내색은 못하고 저가 운동화를 살펴보기 시작했다. 딱히 맘에 드는 것이 없어서 그 앞을 서성거리고만 있자 아버지가 재촉하며 맘에 드는 게 없냐고 물었다. 잠깐 나의 눈길이 가장 오른쪽 상단의 운동화에 꽂혔다. 그 짧은 순간을 포착한 그가 바로 그 하얀 가죽에 분홍색 마크가 새겨진 운동화를 꺼내들었다.

"이것이 맘에 드냐?"

실망을 미리 줄이려고 그건 제일 비싼 운동화라고 내가 말했다. 아버지는 잠시 가격표를 보더니 별 대수롭지 않다는 표정으로 한번 신어보라고 했다. 이게 웬일인가! 너무 감격한 나머지 비명을 지를 뻔했다. 점원은 잽싸게 발 치수를 묻고 얼른 그 크기를 가져와 신겨주었다. 아버지는 담담한 표정으로 바라보며 불편하지 않냐고 물었다.

"아뇨. 정말 편해요."

사실 신발이 불편해서 모든 발톱이 빠져나가도 상관없으니 빨리 내 것으로 만들고 싶었다. 혹시나 그의 맘이 변할까 숨죽이며 그를 바라봤다.

"그럼, 그걸로 하자."

'오, 하느님!' 이게 꿈인가 생신가 싶었다. 눈물을 글썽거리며 떨리는 목소리로 고맙다고 했다. 그는 뭐 이 정도 가지고 호들갑이냐 하는 표정으로 나를 대했다. 운동화 상자를 품에 안고 집으로 가는 내내 좋아서 어쩔 줄을 몰랐다. 여태껏 받은 선물 중에 최고였다.

우리 학년 전체에서 이 운동화를 신은 애가 딱 두 명 있었다. 나는 세 번째로 이 운동화를 신게 되는 것이었다. 어찌 기분이 째지지 않겠는가. 친구들의 시선을 받을 생각을 하니 잠도 안 왔다. 다음날 새 신을 신고 집을 나서는데 너무 황홀한 나머지 마치 공중부양해서 걷는 기분이 들었다. 먼지나 티끌이 하나라도 묻을까봐 길을 잘 살피며 조심조심 걸었다. 교실 안으로 들어갈 땐 가슴이 두근거렸다. 역시나 친구들은 금방 내 새 운동화를 알아봤다. 그들의 눈빛에서 부러움이 뚝뚝 떨어지는 것을 보며 나는 고개를 치켜들었다.

훗날 대학에 입학해서 과제에 필요한 재료와 전공서적을 사야 할 때 가끔 아버지는 남들이 쉽게 구할 수 없는 것을 일본에서 사다주었다. 이때도 물론 좋았지만 그와 함께 가서 산 운동화만큼 내게 감동을 준 건 없었다.

헤어스프레이

대학 2학년이 된 나는 신입생 시절의 촌티를 벗어버리고 세련된 모습으로 탈바꿈하려고 무척 신경썼다. 당시 연예인들과 여대생들에게 일명 닭벼슬머리가 유행했다. 앞머리를 머리 위로 한껏 끌어올려 헤어스프레이를 뿌려 고정한 스타일이었다. 센스 있는 여성이 되려면 빠르게 유행을 따라가야 한다고 생각했기에 아침마다 거울 앞에 앉아 오랜 시간 앞머리와 씨름했다. 제주도의 강한 바람에도 절대 쓰러지지 않게 초강력 헤어스프레이를 사정없이 뿌려주었다.

벚꽃봉오리가 꽃샘추위로 움츠려 있던 날 모처럼 아버지가 나를 학교까지 차로 데려다주기로 했다. 바람이 강하게 부는 날이면 정문에서 대학 건물까지 걸어가는 동안 애써 세운 머리가 주저앉아버렸다. 운이 좋아 그의 차를 얻어 타고가면 폭풍의 언덕을 걸어올라가는 일을 피할 수 있었기에 헤어스타일을 망치지 않을 수 있었다.

나는 한껏 신이 난 채로 차에 올랐다. 출발하고 일 분도 지나지 않아 아버지는 인상을 찌푸리더니 차창 문을 모두 열며 나를 쏘아보았다.

"도대체 이 냄새가 뭐냐?"

"네?"

"무슨 싸구려 향수를 뿌린 거냐?"

"아, 헤어스프레이 냄새예요."

나는 살짝 미소 지어보였다. 기가 막힌다는 듯이 나를 보더니 버럭 화를 냈다.

"해괴망측한 꼴하고는. 뭐가 좋다고 구역질이 나는 싸구려 스프레이를 뿌리냐? 그거 뿌릴 거면 다시는 내 차에 타지 마라!"

당장이라도 차를 세워 나를 길가에 내버릴 기세였다. 잠시 후 사거리 정지신호에 차를 멈춰 세운 그는 보관함에서 카세트테이프를 꺼내 데크에 집어놓고 볼륨을 높였다.

"마하바라반야밀다심경 관자재보살 행심반야바라밀…."

그가 기분이 좋지 않는 날에만 듣는 〈반야심경〉이었다.

생각지도 않은 일로 심하게 혼이 난 나는 모멸감을 느껴 당장이라도 차에서 내리고 싶었다. 하지만 지금 내려서 버스를 타면 시간에 맞춰 학교에 가기에는 틀렸기에 애써 분을 삭혀야 했다. 목적지에 다다랐을 때 그가 곁눈질로 잠깐 나를 보더니 아까와는 달리 조용하게 말을 건넸다.

"성은아, 다신 싸구려 스프레이 쓰지 마라. 정 뿌리고 싶으면 아버지가 좋은 향수 사줄 테니 그걸 뿌려라."

짧게 '네'라고 대답했지만 그의 말은 나를 더 화나게 했다.

'뭐라고요? 헤어스프레이 냄새가 어때서요? 무슨 썩은 내를 맡은 듯한 표정으로 추워죽겠는데 창문을 다 내립니까? 덜 진한 향에 단정한 머리스타일 정도 권하면 내가 고려해볼 수도 있을 텐데, 도대체 대학교수란 사람이 아무리 자식한테라지만 그런 막말을 퍼붓나요. 정말 너무하네요!' 마음속으로 이렇게 고함쳤다.

얼굴에서 불이 났다. 폭발하기 일보직전이었지만 내가 한 소심한 복수는 고작 내리면서 차문 조금 세게 닫기, 고맙다는 인사 안 하기 정도였다.

이 일은 성인이 되어 아버지와 감정적으로 충돌했던 첫 번째 사건이었다. 일제 강점기에 아버지가 일본에서 대학을 다니던 시절, 그가 버스를 타면 '조센징 냄새'가 난다며 일본인 학생들이 조롱하고 욕하는 일이 많았다고 한다. 그들의 괴롭힘을 견디지 못해 껌을 씹어보기도 하고 향수를 뿌려보기도 했다고 한다. 그래서 냄새에 더 민감했는지 모르겠다. 하지만 그날 차 안에서 아버지가 내게 퍼부은 비난은 작지 않은 상처로 남았다. 이후 영국제 향수를 쓰는 아버지와 싸구려 헤어스프레이를 뿌리고 다니는 딸과의 사이는 좀처럼 좁혀지지 않았다.

연애

내 첫 연애 상대는 동사무소에서 방위로 근무하는 삼수생이었다. 180㎝ 훤칠한 키에 잘생긴 동갑내기였다. 아버지는 늘 대학 졸업 때까지 절대로 연애해선 안 된다고 엄포를 놓았지만, 남들도 다하는 걸 내가 빼먹을 순 없었다. 하지만 그가 두 번이나 대학입시에 낙방한 녀석이다보니 부모님에게 알리기는 어려웠다. 때마침 디자인 공모전 준비를 하느라 학교에서 밤 늦게까지 작업해야 했기에 그걸 이유삼아 몰래 만남을 이어갈 수 있었다.

그날은 모형제작에 필요한 석분 한 포대를 사기 위해 차가 필요했다. 아버지에게 차를 빌려 어머니가 나를 태우고 석재상으로 갔다. 40㎏이 나가는 석분 포대는 여자 둘이 어찌할 수 없었다. 일하고 있는 직원에게 자동차 트렁크에 실어달라고 부탁했다. 그는 짜증을 내면서 힘겹게 들더니 얼른 트렁크를 열라고 소리친 후 그 안으로 내던졌다. 얼마나 무거웠는지 자동차가 출렁거렸다. 학교에 도착해서는 남학생들의 도움으로 석분을 작업실까지 날랐다. 재료도 샀고 하니 밤샘작업을 해야 한다고 말하고 엄마를 먼저 보냈다. 한참 모형작업을 하고 있는데 후배가 작업실로 들어오며 어떤 남자가 나를 애타게 찾는다며 밖으로 나가보라고 했다. 무슨 일인가 싶어 나가보니 자동차 한 대가 건물 앞에서 있었다. 남자친구가 나에게 경적을 울려댔다.

"저녁 사줄게. 얼른 타!"

아버지 차를 빌린 그가 신이 나서 나를 찾아온 것이었다. 어차피 저녁을 때워야 작업을 할 수 있지 않겠냐며 빨리 타라고 우겼다. 시내로 가면 시간이 꽤 소요될 것이고 혹시나 술이라도 마시게 되면 오늘 내로 작업을 마무리하지 못할지도 모르겠다는 생각으로 주저하자 그가 저녁만 후딱 먹고 오자고 사정했다. 혹시나 마음이 약해질까봐 후배 하나를 데리고 갔다.

저녁만 먹기로 했던 자리에는 친구들이 합세하며 식사는 기어이 술판이 되어버렸다. 남자친구는 어차피 학교에서 밤새울 거면 더 있다 가라고 집요하게 붙잡았다. 점점 걱정은 커졌고 녀석을 따돌릴 궁리를 하다 학교가 아닌 집으로 가겠다고 거짓말을 했다. 이미 늦은 시간이라 그도 집으로 간다는 걸 말릴 순 없었다. 사전에 미리 내 눈치를 받은 후배와 택시를 잡아타고 학교로 갔다.

다음날 오전 수업이 끝났을 때 한 학생이 다가와 조교선생님이 급히 나를 찾는다기에 학과 사무실로 갔다. 조교선생님은 걱정스러운 얼굴로 물었다.

"얼른 집에 전화해봐, 너의 어머니가 연락했어. 무슨 일 있니?"

영문도 모른 채 황급히 집으로 전화했다. 바로 전화를 받은 어머니는 화가 잔뜩 난 목소리로 소리쳤다.

"너 어제 무슨 일이 있었던 거니? 오늘 집에 들어오면 아버지에게 무조건 잘못했다고 빌어라!"

"도대체 무슨 일이 일어났는데요?"

어머니는 크게 한숨을 쉬며 지난 밤에 있었던 이야기를 전해주었다. 내용인 즉, 남자친구가 자정 넘어 집으로 찾아간 것이었다.

아파트 1층에 있는 내 방은 화단으로 창문을 향하고 있었다. 녀석은 화단 울타리를 넘어 들어가 창문에 대고 내 이름을 계속 불렀다. 안방에서 잠을 자다 이 소리를 아버지가 듣고 내다본 것이다.

"너 누구냐? 뭐하고 있는 거냐? 이 시간에!"

취해서 겁이 없어진 녀석은 나를 불러달라고 했다.

"성은이 오늘 학교에서 밤새운다고 집에 없다. 그러니 학생도 집에 가라!"

아버지는 화를 삭혀가며 타이르듯 말했다.

"네? 한 시간 전에 귀가한다고 떠났는데 집에 없다고요?

녀석은 그럴 리가 없다며 일부러 없다고 하는 게 아니냐며 계속해서 나를 내보내라 요구했다 한다. 폭발 일보직전인 아버지를 어머니가 겨우 말리고 사태를 수습했다고 했다.

아버지의 대노에는 또 하나의 이유가 있었다. 오후에 옮겼던 석분 포대 밑에 깔려 그의 골프채가 휘어져버렸던 것이다. 아끼는 기구를 망가뜨린 데다가 형편없는 녀석과 술이나 먹고 집에도 안 들어왔으니 그로서는 도저히 나를 용서할 수가 없던 것이었다. 통화를 끝낸 후 내 머릿속은 까매졌다.

'난 이제 죽었다.'

오후시간을 어떻게 보냈는지 모르겠다. 아무리 잘못했다고 빌어도 그가 용서해줄 것 같지 않았다. 당장 쫓겨나도 할 말이 없었다. 어떤 수모도 견딜 각오로 귀가했다. 믿을 건 어머니가 말려주는 것뿐. 집 앞에서 크게 심호흡을 했다. 마치 지옥문을 들어서는 기분이 들었다.

나는 고개를 푹 숙이고 열려 있는 안방 앞에 꿇어앉았다.

"아빠. 정말 잘못했습니다."

아버지가 벌떡 일어나 나를 노려보더니

"입 다물어! 넌 지금부터 버린 자식이다!"

하며 방문을 쾅하고 닫아버렸다.

상황은 이렇게 일단락됐다. 예상보다 훨씬 싱겁게 끝이 난 것 같은 기분이었다. 아무리 그래도 어떻게 자식을 버릴 수 있겠는가. 말만 그렇게 한 거겠지. 하지만 '버린 자식'이란 말이 헛말이 아님을 그는 계속해서 보여줬다. 나를 대하는 그의 태도가 전보다 훨씬 차가워졌다. 나를 철저히 외면했고, 어쩌다 잠깐 나를 볼 때도 벌레를 보는 듯했다.

이해가 되질 않았다. 내가 무슨 죽을죄를 지었나? 대학생이 남자친구 좀 사귀고 술 좀 먹은 게 그리 큰 잘못이냐 말이다. 그가 내게 던지는 모멸을 느낄 때면 정말 모든 걸 다 때려치우고 싶었다.

담배

금요일이라 오전 수업만 있어서 일찍 집에 들어갔다. 문을 열어준 여동생이 평소와는 달리 내 얼굴을 빠끔히 쳐다봤다. 왜 그러냐고 물었더니.

"모르는구나."

"뭔 소리야. 뭘 모르는데?"

"언니 교수님이 집으로 전화하셨더라. 도착하면 바로 연락달래."

영문도 모른 채 교수님 연구실로 전화했다. 연결이 되지 않았다. 혹시나 해서 학과 사무실로 연락했더니 조교선생님이 전화를 받자마자 흥분한 목소리로 축하인사를 전했다. 지난 주에 응모했던 전국대학생디자인공모전에서 내가 금상을 수상했다는 것이었다.

"정말요?"

거듭 사실이냐고 물으며 기쁨을 주체 못하는 나를 보며 동생은 자신은 이미 알고 있었다면서 수고했다고 손뼉을 쳐주었다. 신설된 산업디자인학과 학생이 전국공모전에서 받은 최고의 성적이었다. 교수님도 감격해했고 교정에는 축하 현수막이 걸렸다. 전혀 예상치 못한 성과에 나는 한동안 구름 위를 떠다녔다.

아버지의 골프채를 망가뜨린 석분으로 만든 작품이 톡톡히 벌충을 해낸 것이다. 지도교수님 부부를 초대해 식사를 대접한 것을 보면 나에게는 직접 축하한다는 말 한마디 안 했지만 아버지가 꽤 기분이 좋았던 것 같았다. 그래서 졸업을 앞두고 작업실에서 내 짐을 뺀다고 할 때 그가 먼저 퇴근하는 길에 차를 가지고 들르겠다 했다.

사물함에 쌓여 있던 물건들을 꺼내서 후배들에게 남길 것과 가지고 갈 것을 나누다보니 언제 대학 4년이란 시간이 지났나 싶었다. 수많은 밤을 새우며 작업하던 공간을 떠날 생각을 하니 아쉬움이 들었다. 담배 하나를 꺼내물고 창문을 열자 한겨울 찬바람이 실내로 들어왔다. 작업실에서 피우는 담배도 마지막이다 생각해서였을까, 나는 유달리 연기를 길게 내뿜고 있었다.

반쯤 피웠을까? 갑자기 강의실 문이 열렸다. 아버지였다. 건물 현관에서 만나기로 했는데 일찍 도착한 그가 짐을 날라주려고 건물 4층에 있는 실습실까지 찾아온 것이다. 내 손엔 담배가 아직도 타고 있었다. 그 모습을 보고 깜작 놀란 아버지는 얼른 고개를 돌리며 정리 끝났으면 현관 앞으로 내려오라고 말하고 문을 닫았다.

'망했다.'

내가 담배를 피운다는 것을 그가 모르진 않았을 것이다. 하지만 직접 목격하는 건 다른 이야기였다. 그에게 점수를 좀 따자마자 바로 잃어버리다니 지지리 운도 없었다. 잠시 허탈하게 천장을 올려다보았다.

의기소침하여 짐을 싣고 조수석에 앉았다. 창밖으로 시선을 고정한 채 그의 불호령을 기다렸다. 뜻밖에도 그는 차 안에서나 함께 저녁 식사할 때도 어떠한 질책도 던지지 않았다. 그로부터 며칠간 혹시나 하며 전전긍긍하는 나에게 그는 담배의 '담' 자도 꺼내지 않았다.

일주일쯤 지났을까? 아버지가 내 방 앞을 지나가다 멈춰서 말을 건넸다.

"담배는 몸에 해로우니 조심하거라."

그의 말에서 실망이나 분노의 감정은 찾아볼 순 없었고 오히려 딸을 염려하는 아버지의 마음이 느껴졌다. 너무도 뜻밖이라 한참 동안 멍한 채로 있어야 했다.

평소 나를 멸시하고 질타하기만 하던 아버지에게 이런 다정한 말이 나올 수 있단 말인가? 관심조차 주지 않았던 그가 나를 걱정하는 태도를 보여주니 감동하면서도 당황스러웠다. 상 한번으로 아버지가 달라진 건가? 혹시나 하고 기대를 가져보았지만 나에 대한 그의 관심은 수상의 기쁨과 함께 금세 사그라졌다. 아무튼 나는 그날로 바로 담배를 끊었다. 겨울이 다 지나도록 직장을 잡지 못하자 다시 피우기는 했지만….

상경

서울에서 대학을 다니는 친구들이 설날이라고 고향에 내려온 김에 우리 부모님께 인사를 왔다. 뜻밖에도 아버지는 반가이 맞아주었다. 거실에 앉아 차를 마시는 동안 그는 친구 한 명씩 돌아가면서 전공은 무엇인지 앞으로의 계획은 어떠한지 물었다. 그가 갖고 있는 해박한 지식과 경험으로 친구들의 진로에 대해 아낌없는 조언을 해주었다. 특히 그의 전공 분야도 아닌 자연과학 분야에 대해서도 막힘없이 지식을 쏟아낼 때에는 친구들의 감탄이 이어졌다. 자식인 나와는 이런 진지한 대화를 한번도 해본 적이 없었다. 집을 나서던 한 친구가 물었다.

"저렇게 좋은 분을 너는 왜 항상 싫어했니?"

나는 얼른 대답하지 못하고 어색한 미소만 지었다. 아버지에 대한 그들의 칭송을 듣기 싫지 않았으나 딸보다 남에게 더 친절하고 자상한 그의 모습을 보니 기분은 씁쓸했다.

아버지는 어려서부터 천재 소리를 듣고 자랐다. 남들만큼 열심히 공부하지 않아도 학교에서 일등을 놓쳐본 적이 없다고 했다. 일본 와세다대학교에서 정치외교를 전공하고 러시아어를 부전공하며 영어와 독일어까지 섭렵했다. 졸업 후 바로 대학원을 진학하려 했지만 폐결핵에 걸려 일 년간 요양해야만 했다. 몸이 회복되어 다시 공부를 이어나가고자 할 때 제주도에서 호텔사업을 하는 할아버지의 간곡한 부름을 받고 귀국해야만 했다.

제주도에 최초로 관광호텔을 설립한 할아버지 밑에서 아버지는 지배인으로 지내며 제주에 오는 귀빈들과 외국인들을 맞이했다. 1960년대 중반만 해도 제주도에는 기반 시설이 열악해서 박정희 대통령이 제주에 방문했을 당시 할아버지 호텔을 이용했다고 한다. 큰 키에 말끔한 외모, 세련된 매너와 지식을 갖춘 엘리트인 그는 제주도 귀공자라고 불리며 혼기를 맞은 여성들의 선망을 샀다. 그런 그가 지방대학에 다니며 시시껄렁한 딸을 어떻게 인정할 수 있었을까. 나 같은 자식은 수치라고 생각했겠지.

아버지는 도외로 취업하는 것에 결사반대했다. 나는 무슨 일이 있어도 꼭 서울로 가겠다고 했다. 그러나 나의 지원에 응답하는 회사는 없었다. 그냥 이렇게 주저앉을 수는 없다는 생각에 서울행 항공권을 샀다. 자취를 하고 있는 친구에게 직장을 구할 때까지만 거처를 부탁했다. 이 사실을 알고 그는 노발대발했다.

“내 말 안 듣고 서울 가겠다면 내게서 한 푼도 도움받을 생각말거라!"

정말로 그는 1원도 주지 않았다. 그의 말을 끝내 따르지 않고 떠나는 내 등에 그는 비수 같은 한 마디를 꽂았다.

"넌 그 배설궂은(오기나 고집이 많아 성깔이 있다는 제주도 방언) 값을 받을 줄 알아라!"

그 말을 듣는 순간 울컥하니 화가 치밀어올랐다. 일자리 찾아 멀고먼 타지에 가는 딸에게, 그게 아버지란 자가 할 소린가? 눈물이 핑 돌았다. 나는 집을 나서며 이를 갈았다. 꼭 성공해서 저 잘난 아버지를 비웃어주겠다고.

나를 태운 서울행 비행기가 이륙했다. 점점 작아지는 제주도를 바라보며 나는 수첩을 꺼내서 앞으로 서울에서 어떻게 살아야 할 것인지 생각하며 세 가지 다짐을 적었다.

'난 절대 울지 않는다. 최소 10년은 버틴다. 최고의 디자이너가 되자.'

서울에 도착하고 보름이 지났을 때 강남에 규모 있는 인테리어 디자인회사에 취직했다. 드디어 정식 디자이너로 첫 발을 내딛게 되었다.

사회인으로 첫 출근하는 날, 얼마나 긴장했는지 전철을 타고가다 배가 아파서 중간에 내려 화장실을 급히 들렀다. 이래저래 지체하다보니 출근 첫 날부터 지각할 판이었다. 강남역에 내리자마자 뛰었다. 회사 앞에 다다를쯤 갑자기 커다란 무언가가 내 얼굴을 덮쳤다. 너무 놀라 넘어질 뻔했다. 손바닥만 한 플라타너스 이파리가 나를 한 대 친 것이다. 제주에선 본 적 없는 어마어마하게 큰 서울의 나뭇잎에 신고식을 한 셈이었다. 놀란 가슴을 진정시킬 새도 없이 다시 뛰기 시작했다. 서울에서의 회사원 생활은 이렇게 요란하게 시작됐다.

맥주와 단감

서울에서 새로운 생활에 적응하느라 제주촌뜨기는 고향 생각을 할 겨를이 없었다. 첫 월급으로 회사 근처에 있는 반지하 월세방을 얻었고 업무를 빨리 익히려고 야근도 휴일근무도 마다하지 않았다. 1990년대 초반의 서울엔 대중소비문화가 빠르게 자리잡았다. 압구정동과 홍대를 중심으로 록카페가 생겨났고 X세대라 불리는 젊은이들은 시간만 나면 유흥가로 쏟아져나왔다. 이러한 분위기 속에 나 또한 고삐 풀린 망아지 마냥 서울거리를 누비고 다녔다. 인테리어 디자이너라는 직업의 특성상 유행에 안테나를 맞추고 있어야 한다는 자기합리화를 하며 새로 생긴 술집이나 카페를 전전했다. 그렇게 한두 해를 보내며 돈을 모으기는커녕 가끔 현금서비스라는 빚을 끌어쓰기도 했다. 어머니에게 쭉 용돈을 부치겠다는 약속도 두 달 만에 깨졌다.

업무에 대한 욕심만큼 실력이 빠르게 늘진 않았다. 어리석은 나는 취직만 하면 바로 눈앞에 성공이 기다릴 줄 알았다. 그러나 어떻게 된 일인지 세상을 알아갈수록 두려움은 늘었고 떠나올 때 시시하게 여겨졌던 고향이 점점 더 그리웠다.

어느새 휴가나 명절에 제주도로 가서 가족과 친구들을 만나는 것이 가장 큰 기쁨이 돼버렸다. 직장생활 3년차에 맞이한 추석에는 거의 매일 친구들과 만났다. 어머니와 성산포로 드라이브를 다녀온 반나절이 유일하게 가족과 함께한 시간이었다. 휴가 내내 친구들 만난다고 집에 붙어 있지 않는 나를 아버지가 무척 못마땅해한다며 연휴 마지막 날 집을 나서는 나에게 일찍 들어와 그와 식사를 함께하라고 어머니가 말했다. 미안한 마음에 초저녁에 친구들을 뿌리치고 귀가길에 올랐다. 집 앞 슈퍼에 들러 평소 아버지가 좋아하는 단감과 맥주를 샀다. 그가 좋아할 광경을 떠올리니 흐뭇했다.

현관문을 열고 신발을 벗으려 하는데 낯익은 물건이 보였다. 서울에서 가지고 온 내 짐 가방이었다. 이게 무슨 일인가 싶어 어머니를 불렀는데 아버지 고함소리가 들렸다.

"너! 당장 짐 갖고 서울 가라. 두 번 다시는 집에 오지 마라. 도대체 뭐하러 여길 왔냐? 맨날 술이나 먹고 다닐 거면!"

그는 안방에서 나와 보지도 않고 소리쳤다. 어머니가 달려나와 나를 붙잡고는 얼른 문간방으로 데리고 갔다. 죄송한 마음에 맥주와 단감도 사왔는데 다짜고짜 서울로 가라 하니 설움이 복받

쳤다. 내가 곁에 있으면 불편해하고 말 한마디 건네지 않으면서 언제부터 나를 챙겼다고 저러나 싶었다. 정말이지 아버지 마음을 종잡을 수 없었다.

당장 떠나겠다고 소리치는 나를 어머니가 붙잡아 달래고 또 달랬다. 그녀는 아버지의 입장을 이해하고 참으라고 하는데 이건 정도가 지나쳤다. 분노를 견딜 수 없어 방을 뛰쳐나가려 할 때마다 어머니가 나를 붙잡는 상황이 반복됐다. 한참 실랑이가 벌어지고 있는데 문밖에서 아버지의 음성이 들렸다.

"사온 것은 냉장고에 넣어야지."

문간방 근처에 왔다가 현관에 놓인 단감과 맥주를 발견한 모양이었다. 어머니는 아버지가 홧김에 한 행동에 맘 상해 말고 곧 저녁을 준비할 테니 진정하고 있으라 했다. 뜬금없는 그의 말에 어안이 벙벙했다. 그의 말을 어떻게 받아들여야 할지 몰랐다. 자신의 경솔한 태도가 겸연쩍어 한 말을 사과로 받아들여야 하나 싶었다. 하지만 나의 분노가 그의 한마디로 조금씩 잦아듦이 느껴졌다. 조금 전만 해도 두 번 다시 아버지를 안 본다고 다짐하던 나였지만 진심은 아니었나보다. 여전히 그의 말 한마디에 웃었다 울었다 하는 나약한 자신에게 한숨이 나왔다.

하룻밤

박봉에 월세를 살며 저축한다는 건 결코 쉬운 일이 아니었다. 월세 내고 생활비 쓰고 가끔 문화생활하고 친구들 만나서 술을 마시면 남는 돈은 거의 한푼도 없었다. 치장에는 거의 돈을 안 써도 그랬다. 내 쪼들린 생활을 오랫동안 안타깝게 지켜본 어머니가 기어이 아버지를 설득해서 서울살이 4년 만에 원룸 전세금을 마련해주었다. 곧바로 회사 근처 한남동에 집을 구했다. 조용하고 깨끗한 동네였다. 반지하라지만 큰 창이 있어 실내가 많이 어둡진 않았다. 큰 방 하나에 거실 겸 주방과 욕실이 있는 구조여서 일반 원룸보다는 편리했다. 새 집 장만한 것 마냥 기쁨에 들떠 벽지를 사다가 직접 도배하고 천을 끊어다 커튼도 만들었다. 책장과 식탁 등 살림살이도 하나씩 장만했다. 월세와는 비교할 수 없이 쾌적했다. 꽤 넓어서 친구들도 맘 놓고 초대할 수 있고 제주에 사는 부모님이나 형제들이 쉬었다 가게 할 수 있었다.

얼추 집안 꼴이 갖추어졌을 때 서울에 볼 일이 있다는 아버지가 하룻밤 묵겠다고 했다. 그의 서울 일정은 낮 시간에 일을 보고 나서 저녁을 같이 먹고 내 집에서 하룻밤을 보낸 후 다음날 점심을 먹으면 끝났다. 사이가 좋지 않은 아버지와 좁은 공간에서 하룻밤을 보낼 생각을 하니 걱정이 한두 가지가 아니었다. 그의 깔끔하고 예민한 성격이 가장 문제였다. 청결에 무척 신경을 쓰는 분이라 깨끗하게 집을 청소해두어야 하며, 음식도 아무거나 먹지 않기에 메뉴 정하는 것도 신중해야 했다. 특히 음식점 분위기나 수준도 고려해야 했다. 단 한번도 아버지와 단둘이 식사를 해본 적도 없어서 무슨 대화를 하며 시간을 보내야 할지 막막하다 못해 두려웠다. 그래도 아버지와의 서먹한 관계를 조금이나마 풀 수 있을지 모른다는 기대도 없지 않았다.

퇴근시간의 종로는 거리마다 인파로 가득했다. 약속장소인 광화문 교보문고 앞에 갔을 때 아버지는 이미 도착해 있었다. 지난 명절에 보고 오랜만에 보는 것임에도 반가운 인사는커녕 마치 싸움하고 나서 막 화해한 사람들처럼 어색함만 흘렀다. 늘 그랬듯이 그의 무표정한 얼굴을 보고 있노라면 말문이 절로 막혔다. 식사 장소를 정해야하기에 무엇을 먹겠냐고 물었다. 미리 생각해둔 식당이 몇 군데 있었지만 그의 까다로운 입맛에 맞을지 확신은 없었다.

"일식집으로 가자."

비용이 많이 드는 일식집은 생각조차 않았기에 머리가 살짝 지끈거렸다. 일단 신용카드로 계산하고 뒷일은 나중에 생각하기로 했다. 식당만 찾으면 됐다. 빠르게 주위를 살피다가 인사동 입구에 있는 참치회전문점을 발견했다. 썩 맘에 들어하는 표정은 아니었지만 거부하지도 않았기에 일단 들어갔다. 다소 조명이 어두운 아담한 실내에는 생각보다 손님이 많았다. 빈자리를 찾아보는데 그가 저기에 앉자고 손짓을 했다. 그 자리는 주방장 앞에 놓인 바 테이블이었다. 주방장을 마주보고 아버지가 앉고 나는 그 옆에 앉았다. 벽에 붙은 메뉴판을 둘러보던 그는 주방장에게 횟감의 품질을 묻고 나서 음식을 시켰다. 작은 그릇에 부위별 참치회가 차례차례 담겨 나왔고 일본 음식과 생선회에 대한 박식함을 가지고 있던 아버지는 주방장과 끊임없는 대화를 이어나갔다. 나는 그저 옆에서 이야기를 듣고 가끔 박자 맞춰 웃어주면 됐다. 부녀가 마주보고 앉아 어색함 속에 밥을 먹는 것보다 이편이 훨씬 좋다는 것을 알았기에 주방장이 고마울 지경이었다. 저녁 식사 동안 내가 한 말이라곤 식사를 마치고 나올 때 내가 계산하겠다는 말이 전부였다. 택시를 타고 집으로 가는 동안에도 둘 사이엔 침묵만 있었다.

집에 들어가자마자 아버지가 툭 한마디를 던졌다.

"홍등가같이 해놓은 거 봐라. 쯧."

붉은 색 벽지를 두고 한 말이었다. 그건 이탈리아제 수입품으로 최근 강남에 있는 고급 빌라 인테리어 공사를 하며 자녀 방에 썼던 것이었다. 은은한 채도에 우아하고 고급스런 색깔이었다. 그게 과연 디자인으로 밥 벌어먹고 사는 딸에게 할 소린가? 내가 몸 파는 여자가 된 듯한 모멸감이 느껴져 당장이라도 아버지를 집에서 쫓아내고 싶었다. 어쩌면 내가 하는 모든 일을 이렇게도 탐탁지 않아 하는지….

화를 삭혀가며 내 침대를 아버지에게 양보하고 나는 여분의 이불을 깔고 바닥에 누웠다. 잠이 쉬 들지 않았다. 그 동안 그에게 뭘 그렇게 잘못했을까? 술 먹고 늦게 들어온 일들? 그런 일이 부녀지간을 남남보다 못하게 만들 만큼 나빴던가? 내가 어디가 얼마나 못났기에 저럴까? 본인이 아홉 살에 어머니를 여의고 새 어머니 밑에서 자라며 사랑을 제대로 받질 못해서일까? 아무리 그래도 그렇지 자식에게 이렇게까지 모질게 굴어야 했을까?

침대 위에 누워 있는 저 심판관은 침묵 속에서도 나를 단죄하고 있는 것 같았다. 그가 휘두르는 칼날에 수없이 난도질당하며 가슴이 너무 아파 견딜 수가 없었다. 내 존재가 한없이 가여워졌다. 아버지에게 이런 수모를 당하는 딸이 얼마나 있을까 생각하니 서러움에 눈물이 났다. 그의 서울 방문에 걸었던 기대가 이렇게 빨리 처참하게 깨질 줄은 미처 몰랐다. 한시라도 빨리 지옥 같은 그의 체류가 끝나기를 바랄 뿐이었다.

귀향

서울생활의 끝은 생각보다 빨리 찾아왔다. 취직할 때만 해도 이 직장을 최소 10년은 다닌다고 다짐했지만 내가 예상할 수 없는 난관은 여러 번 찾아왔다. 그 중 1997년에 일어난 IMF 외환위기는 사회 전체를 뒤흔들었다. 내 회사에서도 직원의 반이 해고당했다. 운이 좋아 나는 회사에 남을 수 있었지만, 월급이 줄어든데다 퇴사한 직원들의 업무까지 맡으면서 스트레스는 날로 늘어갔다. 더욱이 중요 업무에서 여자라는 이유로 번번이 제외되면서 상사와의 마찰도 잦아졌고 결국엔 이직을 심각하게 고려했다.

새로운 직장을 알아보고 있는 중에 회사로 대학 은사가 전화해왔다. 학과 조교에 지원해볼 생각이 없냐고 물었다. 국립대 조교는 좋은 급여도 받으면서, 대학원도 동시에 다닐 수 있다고 했다. 만일 지원한다면 합격하도록 특별히 신경써주겠다고 했다. 덧붙여 지원자가 많으니 당장 의사를 알려달라고 했다. 시기가 절묘

했다. 직장 다니면서 늘 대학원에 진학하고 싶은 마음이 있었다. 하지만 매일 이어지는 야근과 넉넉지 않은 돈으로 엄두가 나지 않았다. 전쟁터 같은 서울생활에서 벗어나 부모님 집에서 편안히 지낼 것을 떠올리니 마음은 벌써 짐을 싸고 있었다.

아무도 없는 회의실로 들어가 집에 연락했다. 아버지의 생각은 어떤지 알아내서 즉시 내게 전해달라고 어머니에게 부탁했다. 십여 분 후에 엄마가 전화했다. 내가 갑자기 직장을 그만두고 제주로 온다는 말을 듣곤 그가 마뜩잖아하다가 대학원 진학 이야기를 꺼내니 그제야 좋다는 것이다. 속으로 크게 만세를 외쳤고 바로 다음날 사직서를 제출했다. 직속상사는 물론 사장님까지 귀향을 말렸다. 지난 IMF 외환위기로 핵심인력만 남겨두고 직원을 정리했기에 설계실에서 내가 빠지면 당장 업무에 차질이 생기기 때문이었다. 당시 나는 감사원을 비롯하여 다섯 개의 설계 건을 맡고 있었다. 급여를 올려주고 업무도 조정해주겠다고 그들이 제안했지만 일단 마음을 굳힌 나는 빠르게 업무 정리에 들어갔다. 20일간 밤을 새우며 맡았던 업무를 깔끔히 정리했다. 다행히 후임도 빨리 선임되어서 나름 아름답게 떠날 수 있었다.

제주로 보낼 이삿짐을 정리해보니 1톤 트럭 한 대가 꽉 찼다. 짐 가방 하나 메고 올라온 지 7년 동안 늘어난 짐을 보며 감회에 젖었다. 아버지 반대를 무릅쓰고 상경했을 때만 해도 절대 성공하지 않고는 귀향하지 않겠노라 결심했었다. 대학원을 구실로 큰 뜻을 쉽게 버리는 내 자신이 비겁하고 한심해보였다. 한편으론 아무런 연고도 없는 서울에서 이만큼이라도 버티며 인정받은 게 어디냐고 자위해보았지만 영 궁색한 변명으로 여겨졌다. 대학원만 마치면 최대한 빨리 경제적으로 독립하자는 결심으로, 아버지에게 얹혀사는 찜찜함을 지우려 노력했다. 여건이 허락하는 한 빠른 시일 내에 다시 서울생활에 성공해보이고 말리라고 자존심을 달래며 이삿짐 차에 올랐다.

결혼과 이혼

대학 조교업무는 예상보다 어렵지 않았다. 서울 회사에서와 같은 야근이나 휴일 근무도 없었다. 처음에는 익숙지 않은 행정 업무로 정신이 없었지만 한 학기를 마치고 나니 꽤 일에 자신감이 붙었다. 마음에 여유가 생기자 결혼 문제에 대해 고민하게 됐다. 서울에서 직장생활할 때는, 연애도 뒷전으로 미뤄두었기 때문에 결혼과는 아예 멀찍이 있었다. 서른 살 노처녀에 외모가 뛰어난 것도 아니고 모아둔 돈도 없었기에 누가 선뜻 나와 결혼하자고 할까 싶었다. 이제 여력이 좀 생겨, 누군가를 사귀어볼 수는 있겠다고 여기던 차에 직장 동료가 만남을 알선했다.

그를 처음 만난 날 청혼을 받았다. 취해서 하는 지나가는 소린 줄 알았다. 그 사람이 날 전혀 모르고 있다는 생각에 나는 그 동안 모아둔 돈이 한푼도 없다고 했다. 그는 괜찮다고 했다. 두 번째 만나서도 그는 거듭 결혼하자고 했다. 연애에 숙맥인 나는 다짜고짜 결혼해달라는 남자의 박력에 넘어가고 있었다. 뭔가에 홀린 듯 만난 지 3개월 만에 나는 결혼식을 올리고 있었다.

인생에서 가장 신중하게 생각해야 할 결혼을 애들 장난하듯이 결정해버린 나는 그 대가를 혹독하게 치렀다. 신혼여행에서부터 싸우기 시작해서 하루도 편히 넘어가는 날이 없었다. 2개월이 지났을 때 몸무게는 5킬로그램이 빠졌고 잠은커녕 제대로 숨조차 쉴 수 없어서 어머니에게 이 사태를 털어놓게 되었다. 그녀는 이튿날 이삿짐센터에 연락해 신혼집에 있는 내 살림을 빼버렸다.

아무것도 모르고 있던 아버지는 퇴근 후 집에 돌아왔을 때 나와 이삿짐이 쌓인 방을 번갈아 바라보고 이 무슨 일이냐며 불같이 화를 냈다. 아무 말도 못하고 죄인 마냥 서 있는 나를 보다 못해 어머니는 황급히 그를 안방으로 데리고 가서 대신 사태를 설명했다. 인생에 패배자가 된 나는 어디론가 사라져버리고 싶었다. 만신창이가 된 내 꼴이 조금은 불쌍해보였는지 아버지는 다행히 내쫓지는 않았다. 나는 또 그에게 얹혀살게 됐다.

우여곡절 끝에 한 달 후 나는 이혼 서류에 도장을 찍을 수 있었다.

일본 여행

아버지는 대학교수가 된 이래로 방학만 되면 일본에 가서 몇 주간 살다왔다. 도쿄에서 호텔을 운영하는 작은할아버지와 그의 대학 동기들이 있기에 부담 없이 왕래하고 있었다. 5년 전, 서울에서 직장 다닐 때 나와 어머니, 여동생이 아버지의 일본행에 동반했다. 오사카와 나라를 구경하고 아버지 친구가 사는 일본 전통가옥에서 하룻밤을 보내기도 했다. 현대적인 것과 오랜 전통이 조화를 이루는 도시는 색다른 감동을 주었다. 일본어를 배워서 꼭 다시 오고 싶었다.

이혼 후 상처를 치유하고 새로운 자극도 얻을 겸 여행을 계획했던 나는 함께 식사하다가 기분 좋게 술에 취한 아버지에게 이번 여름 아버지 일본 가는 길에 동행해도 되겠냐고 물었다. 내 경비는 알아서 마련하겠다고 말했더니 흔쾌히 승낙했다. 바로 다음날로 일본어학원을 등록했다. 여행을 눈앞에 두어서 그런지 외국어 공부가 무척 재밌었다.

방학이 몇 주 남지 않았을 때 시집 간 언니가 집에 놀러왔다. 저녁을 먹고 나서 일본에 대해 언니와 수다를 떨고 있었다. 언니는 대학 졸업하고 2개월간 일본으로 어학연수를 다녀왔기에 아는 것이 많았다. 이런저런 여행 팁을 구하는데 언니가 갑자기 굳은 얼굴로 '이혼한 딸과 여행을 같이 가는 게 창피해서 내키지 않는다'고 아버지가 그녀에게 말했다며, 내 계획을 바꾸면 안 되겠냐고 물었다.

"뭐라고!"

심한 배신감과 모욕감에 나는 격노했다. 바로 안방으로 달려가 문을 벌컥 열고 소리쳤다.

"제가 그렇게 창피해요? 정 그러시다면 내가 안 가면 될 거 아닙니까?"

설움에 복받쳐 나는 꺼이꺼이 울었다. 예상 밖의 나의 격한 반응에 언니는 어찌할 바를 몰라 당황해했다. 한참을 울고 있는데 안방에서 아버지의 소리가 들렸다.

"네 비행기 표도 끊어라."

기가 막혔다. 사과 한마디 없이 마음에도 없는 제안을 하는 그를 도저히 이해할 수 없었다. 평소 남들에게는 호인이라는 평을 듣는 그가 자식에게 가장 상처가 될 말을 서슴없이 하는 이중인격자라는 걸 사람들이 알까? 나는 가방에 든 일본어 교재를 꺼내

북북 찢어 쓰레기통에 처박아버렸다. 다시 아버지와는 냉전이 시작됐다. 그는 아무렇지도 않은 듯 혼자 일본으로 떠났고 얼마 후 나는 홀로 태국으로 떠났다.

러시아 민속춤

아버지가 간경변증으로 입원했다. 상태가 나빠서 자칫하면 목숨을 잃을 수도 있다고 했다. 매일 두 갑씩 피우던 담배와 음주가 원인이었다. 계속해서 그의 상태가 나아지지 않자 어머니는 용하다는 무당을 찾아가 굿판을 벌이기도 했다. 대학원에 다니며 테마파크 프로젝트에 연구원으로 참여하고 있던 나는 아버지와 여전히 냉전상태였기에 그의 병이 위중하다 해도 별로 개의치 않았다. 어련히 어머니가 챙기겠거니 하고 병문안도 안 갔다.

그러던 어느 날 꿈을 꾸었다. 나는 육상선수였고 얼떨결에 대회를 참가하게 되었는데 철인 3종 경기처럼 트랙뿐만 아니라 수영장, 건물의 옥상을 건너가야 했다. 나는 고비마다 운이 좋게 넘어가면서 주위에 경쟁선수들을 하나둘씩 물리치고 우승을 하게 됐다. 시상식에서 금메달을 목에 걸자 나는 즉시 아버지에게 달려가서 메달을 그의 목에 걸어주었다. 그가 환하게 웃자 나는 행복에 빠졌다. 그리고 잠이 깼다. 인터넷으로 꿈 해몽을 찾아보니 금은 생명을 의미하고 수명연장의 상징이라고 했다. 어머니가 하도 채근하기에 퇴근하면서 아버지 병문안을 갔다. 아버지에게 지난 밤 꿈 이야기를 들려주었더니 그가 미소를 지었다.

그것 때문일 리야 없겠지만 1주 후 상태가 급호전된 아버지가 퇴원했다. 죽을 고비를 넘긴 그는 혹시나 하는 생각에 집안 장손인 남동생의 결혼을 서둘렀다. 직장동료와 사귀고 있던 동생은 빠르게 결혼 날짜를 잡고 혼례를 치렀다. 자식 넷을 모두 출가시키고 나니 홀가분해선지 그의 건강은 몰라보게 좋아졌고 줄었던 체중도 예전 수준만큼 돌아왔다.

막내까지 분가하니 집에는 부모님과 나만 남았다. 형제들 사이에서 특별히 주목을 받지 못했던 나는 무남독녀를 늘 부러워했다. 어렸을 때는 가끔 형제들이 다 사라져버리라고 주문을 외기도 했다. 그런데 서른두 살에 그 소원이 이루어진 것이다. 물론 아버지와의 사이는 여전히 서먹했지만, 예전보다는 한결 덜 어색해졌다.

아침이면 어머니가 아버지의 건강을 챙겨준다고 만든 계란에 각종 야채를 잘게 썰어 도톰하게 만든 스크램블에 구운 통밀 토스트를 함께 먹고 신선한 야채와 과일 녹즙을 함께 마셨다. 어머니에게 전화해서 저녁에 먹고 싶은 메뉴를 미리 말하면 저녁 식탁에서 그것을 먹을 수 있었다. 때때론 셋이서만 외식도 했다.

어느 날 저녁 아버지의 귀가가 늦어졌다. 건강을 좀 회복했다고 지인들과 만난 저녁자리에서 제대로 술을 먹은 것이다. 기분 좋게 취해 들어온 아버지는 어머니의 핀잔을 듣고 미안해서였는지 진열장에 있는 고급 양주를 한 병 꺼내며 우리에게 마시라고 줬다. 발렌타인 21년산이었다. 나는 잽싸게 받아들고 뚜껑을 열어 향기를 맡았다. 탄성이 절로 나왔다. 분위기 좋게 식탁 조명등만 켜놓고 어머니와 위스키 잔을 부딪쳤다. 아버지는 거실 오디오에 오래된 카세트테이프를 끼워놓고 노래를 틀었다. 그가 좋아하는 러시아 민요가 흘러나왔다. 노래 몇 소절을 따라부르다 흥이 났던지 우리에게 러시아 민속춤을 보여주겠다며 박자에 맞춰 깡충거렸다.

은은한 조명 밑에서 크리스털 유리잔이 반짝이고 경쾌한 노랫가락에 기분 좋은 웃음소리까지 잊을 수 없는 순간이었다. 하지만 이처럼 평온한 시기는 반 년도 못 가 끝나버렸다.

구급차

2002년 한일월드컵 대회에서 한국이 승리를 이어가고 있을 무렵 나는 대학원 논문을 마치고 테마파크 공사현장에서 팀장으로 쉴 새 없이 일하고 있었다. 더위를 피해 잠시 사무실에 들어갔다가 무심코 가방 속에 두었던 휴대폰을 꺼내보았다.

'부재 중 전화 37통'

하루에 많아야 한두 통 걸려오던 전화기에 대체 무슨 일이 일어난 걸까? 부재 중 통화 목록을 보니 언니와 남동생, 아버지의 이름이 번갈아가며 빼곡히 쌓여 있었다. 뭔가 심상치 않은 일이 일어난 것 같아 얼른 언니에게 전화했다. 그녀는 몹시 흥분한 목소리로, 어머니가 갑자기 뇌출혈로 쓰러져 중환자실에 입원했다고 했다.

"뭐라고!"

출근할 때만 해도 전날 치렀던 제사 음식을 직원들과 함께 먹으라고 싸주었던 어머니가? 병원에 도착해보니 아버지와 언니뿐만 아니라 삼촌들과 고모까지 중환자실 앞 좁은 좌석에 앉아 있었다. 최근 골프를 치다 다친 발에 부목을 댄 아버지는 넋을 잃고 있었다. 의사 말로는 어머니의 뇌출혈이 며칠 전부터 진행되고 있었을 거랬다. 그게 악화할 대로 악화하여, 갑자기 의식을 잃고 쓰러지며 머리를 땅에 세게 부딪쳐 뇌를 더 다쳤을 거라 했다. 생명이 위급했지만 제주도에서는 수술이 불가능해서 서울 대형병원으로 당장 이송해야 하는 상황이었다. 몇 해 전 뇌출혈로 수술을 받고 건강을 회복한 고모가 자신을 치료해준 서울삼성병원 담당 의사를 연결해주어서 바로 다음날 환자를 서울로 이송하게 되었다. 어머니를 면회할 수도 없었다. 아버지와 나는 서울 갈 채비를 하기 위해 집으로 갔다.

컴컴한 실내에 불을 켰다. 어머니가 없는 집은 공허했다. 기진맥진한 아버지는 바로 침대에 누워버렸다. 나는 며칠간 집을 비울 것에 대비해 집안을 점검하고 짐을 쌌다. 대충 정리가 끝나고 아버지가 잘 주무시나 보려고 안방 문을 살며시 열었다. 그는 눈물이 가득 고인 채로 천정을 보고 있었다. 나를 흘끔 쳐다보더니 울먹거리며 말했다.

"성은아, 이런 걸 청천벽력이라 하는구나. 청천벽력이야…."

마치 하늘이 무너져내린 것 같은 느낌, 나도 마찬가지였다. 그렇다고 마냥 실의에 빠져 있을 순 없었다. 어떻게든 어머니를 살려내야 했다.

"아빠, 걱정 말고 주무세요. 엄마는 강한 분이니 금방 일어나실 거예요."

다음날 다리가 불편한 아버지는 서울 사는 친척의 차를 타고 남동생과 이동하였고 나는 공항에 대기하던 구급차로 삼성병원 응급실까지 어머니 곁을 지켰다. 제주에서부터 동행한 의사와 간호사도 탔다. 사이렌을 울리며 차는 빠르게 올림픽대로를 달렸다. 한 시간도 안 걸려 도착한 응급실은 전국에서 몰려든 환자들로 아수라장이었다. 도착만 하면 의사들이 달려와서 응급조치와 함께 입원 수속을 해줄 줄로 알았다. 하지만 응급요원들은 우리 모녀를 덜렁 응급실 구석에 데려다놓고 기다리라고만 했다. 어머니는 비행기와 구급차로 긴 시간 이동하면서 기력이 다해버렸는지 상태가 극도로 나빠졌다. 갑자기 침대 위에 매달린 기계에서 비상신호가 울리자 나는 울 엄마 좀 살려달라고 지나가는 의사를 막무가내로 붙잡고 매달렸다. 아버지는 그 광경을 차마 볼 수 없었던지 응급실 밖으로 나가버렸다. 심장제세동기까지 동원해 응급처치를 하자 간신히 그녀의 상태는 위기를 벗어났다. 겨우겨우 중환자실로 엄마가 이송되는 걸 보고서야 우리는 한시름 놓을 수 있었다.

그러나 입원만 하면 바로 수술이 진행될 줄 알았는데 하루가 지나고 이틀이 지나도 어머니의 수술 일정은 잡히지 않았다. 상태가 위중한 데도 왜 수술을 빨리 안 해주냐고 묻는 말에 주치의는 응급조치를 해두었기에 걱정 말라고만 했다. 비좁은 중환자실 대기실에서 쪽잠을 자며 점점 지쳐가는 가족들을 보고 있자니 화가 치밀어올랐다. 이러다 수술 시기 놓쳐 잘못되면 어쩌나 싶었다. 점잖게 주치의와 면담하는 아버지를 제치고 나는 의사 면전에 대고 그 동안 쌓였던 분노를 표출했다. 서울 오면 당장 수술해주겠다고 했잖냐고 왜 수술이 자꾸 미뤄지는지 이해할 수 없다고 따져 물었다. 나의 저돌적인 행동에 다소 놀란 의사는 그래서인지 빠르게 절차를 진행하겠다 했고 얼마 안 있어 어머니는 수술대에 올랐다. 대기실에서 아버지는 작은 목소리로 내 행동을 칭찬했다.

어머니가 쓰러진 이후 예전에는 전혀 보지 못했던 아버지의 나약한 모습에 적잖이 놀랐다. 강하기만 한 줄 알았던 그가 오히려 내 뒤에 숨는 듯한 느낌이 들기도 했다. 삼촌에게서 아버지가 꽤 여린 분이라는 말을 들은 게 기억났다. 조금은 그가 측은해졌다.

수술 후 어머니는 운동능력에 손상을 보이진 않았으나 정신은 온전치 못했다. 심각한 인지와 언어장애가 있었다. 다시 정밀검사를 해보니 수술 부위에 물이 차서 생긴 후유증이라 했다. 간단한 수술로 해결된다며 3개월 후에 다시 수술받으면 된다고 했다. 수술 부위가 안정되자 일단 퇴원했다. 한 달여 만에 집에 온 어머니는 육체적으로는 이상이 없었으나 정신장애로 스스로 할 수 있는 게 하나도 없었다. 사이가 안 좋아 각방을 쓰던 부부였지만 아버지는 자신의 방에 환자용 침대를 들이고 어머니를 극진히 보살폈다. 전에 없던 아내에 대한 사랑이 느껴졌다.

석 달 후 재수술을 받기 위해 나 혼자 어머니를 모시고 서울로 갔다. 이번 치료로 온전한 정신을 차릴 수 있다고 의사가 장담했기에 잘못되리라곤 조금도 의심하지 않았다. 하지만 중환자실로 돌아온 어머니는 3개월 동안 식물인간으로 지냈다. 다시 3차 수술을 받고서야 간신히 의식을 차려, 일반병실로 옮길 수 있었다. 한숨 돌리는가 싶을 때 다시 우환이 생겼다. 서울과 제주를 오가며 병간호하던 아버지가 간경화 악화로 입원하게 되었다. 겨우 버티던 아버지도 결국 무너져버린 것이다. 불행 중 다행으로 오래지 않아 퇴원하였지만 그의 병세는 언제 다시 악화할지 알 수 없었다.

어머니는 간병인에게 맡기고 나는 주 중에는 아버지 곁을 지켰다. 주말에 형제들이 아버지를 챙기는 동안 나는 서울 가서 어머니를 돌봤다. 어느 날 새벽에 안방에서 아버지의 신음소리가 들렸다. 나는 자면서도 귀를 반쯤 열고 지냈기에 다행히 그 소리를 들었다. 후다닥 뛰어가보니 그가 피를 토하고 있었다. 급히 구급차를 불렀다. 응급요원들은 재빠르게 아버지를 이동 베드에 눕힌 다음 차에 태웠다. 차가 덜컹거릴 때마다 아버지는 매우 고통스러워했다. 기사에게 좀 천천히 운전해달라고 부탁했지만 별 소용없었다.

아버지는 내시경과 응급처치를 받은 후 병실로 옮겨졌다. 다음날 주치의는 또 한번 날벼락 같은 말을 했다. 간경화가 간암으로 발전했다는 것이다. 의사는 앞으로 이런 응급상황이 자주 일어날 것이라 했다. 혈관 레이저 치료와 진통제를 맞고 그가 기력을 차리자 퇴원했다. 한 달이 채 지나지 않아 아버지는 새벽에 또다시 피를 토했다. 이번에는 구급차를 부르는 대신에 내 차에 태워 응급실로 갔다. 최대한 조심해서 운전하니 아버지가 덜 고통스러워했다.

정신적, 육체적으로 약해진 그가 나를 대하는 태도에도 힘이 빠지고 있다는 느낌을 받았다. 언제나 내 위에 고압적으로 군림할 것 같던 그의 추락을 보는 것이 마냥 좋지만은 않았다.

네 번째 발톱

대학원을 졸업하고 곧바로 산업디자인학과 시간강사직을 잡았다. 나를 아버지가 서울 유명 백화점에 데리고 가서 고급 정장을 사주었다.

"성은아, 교수란 학생들에게 쉽게 보여선 안 된다. 몸가짐, 말투 그리고 복장도 항상 진중하게 하여 존경받는 교수가 되어야 한다."

당신이 못다푼 학구열 때문인지 딸이 대학원도 마치고, 대단치는 않지만 어쨌든 국립대 강사로 근무하게 된 걸 꽤나 기뻐했다. 나로선 드물게, 진심어린 아버지의 축하를 받으니 기분이 좋으면서도 얼떨떨했다.

기쁨도 잠시 내 나이 서른세 살에 시작된 부모님의 병마는 쉽사리 끝을 보이지 않았다. 병간호하느라 나의 일상은 무너졌다. 테마파크 팀장 일은 그만두어야 했고 지인들과도 점점 멀어졌다. 그나마 일주일에 한번 있는 시간 강의가 거의 유일한 사회생활이었다. 형제들은 결혼한 지 얼마 되지 않았고, 직장생활을 했으며 아이들마저 어렸다. 이혼하고 혼자가 된 내가 거의 부모님 병수발을 도맡았다.

잠시 호전된 듯하다가도 갑자기 악화되길 반복하는 그들을 응급 입원시키고, 간병하고, 퇴원시키기를 다반사로 했다. 항상 경계상태로 지내다보니 잠도 제대로 못 자 나는 마를 대로 말라갔다. 뼈만 앙상하여 마치 X선 사진 같다며 언니가 걱정했다.

"성은아."

강의 자료를 준비하느라 시간에 쫓기고 있을 때 아버지가 자꾸 나를 불렀다. 몇 번 못 들은 체 하다가 인상을 잔뜩 쓰며 그가 누워 있는 방으로 갔다.

"왜 또 부르세요?"

그는 발톱을 깎아달라고 했다.

"아이참, 엊그제 깎아드렸잖아요."

내 목소리가 높아졌다.

"그 새 길었어."

그는 내 눈치를 보며 말했다. 짜증과 함께 부아가 치밀었지만, 발톱깎기를 찾아들고서는 이불을 걷어 그의 발을 드러냈다. 역시 발톱은 깎을 필요가 없을 정도였다.

"좀 더 자라면 깎죠?"

하고 짜증을 내자 더 수그러든 목소리로 말했다.

"종일 누워서 발가락만 보니 신경이 자꾸 쓰이네."

그 심경도 조금은 이해가 됐으나, 온종일 이런저런 심부름을 시킨다고 시도 때도 없이 나를 호출하는 것은 여간 성가신 게 아니었다. 마지못해 깎아가는데 왼발 네 번째 발톱에 갔을 때 그는 작게 비명을 질렀다. 너무 깊이 깎느라 살점을 조금 잘라버린 것이었다. 의도치 않은 보복을 하여서인지, 화가 누그러지며 조금 미안해졌다.

아버지는 몸이 불편해서 스스로 목욕을 할 수 없었다. 평소에 결벽증에 가까울 정도로 깔끔한 성격인 그는 매일 목욕을 하는데 언제부턴가 남동생이나 언니를 제쳐두고 굳이 나를 불렀다. 한 번은 짜증이 나서 왜 내게만 그러느냐고 물었다. 그는 내가 가장 깨끗이 씻겨준다고 했다. 잘 이해할 수 없어, 남동생과 언니에게 물었더니, 그들은 아버지 몸 만지는 게 어색해 대충 씻겨드린다고 했다. 나는 그저 내 몸 씻듯이 한 것뿐이었다.

앙상한 그의 몸에서 배만 커다랗게 부풀어 있었다. 스스로 씻을 힘만 있었다면 누구에게도 그런 몰골을 보여주지 않았을 것이다. 그를 씻겨줄 때 제일 먼저 머리카락에 샴푸를 하고 바로 헹구지 않고 두피를 마사지해주었다. 몸에 비누칠을 꼼꼼히 하고 여러 번 깨끗하게 씻겼나. 앙상한 쇄골에 물이 고이는 걸 볼 때면 가엾다는 생각도 들었다.

점점 쇠약해져가는 그는 대부분의 시간을 누워서 지냈다. 안마받는 걸 좋아했던 그는 종종 자식들을 불러 다리를 주물러달라고 했다. 병자에 대한 연민의 감정을 느끼기보다는 단지 자식으로서의 의무감으로 응했다. 내 얼굴은 항상 굳어 있거나 그의 시선을 피했다. 그만큼 나와 그 사이엔 풀지 못한 감정의 골이 깊게 패여 있었다. 그날도 아버지의 호출을 받고 다리를 주무르고 있었다.

"네가 가장 나를 많이 닮아서 내가 더 그랬다."

뜬금없는 그의 말에 놀라 고개를 들었다. 그는 뭔가 더 말을 이어가려다 말았다. 울컥하는 듯 눈시울이 붉어졌다.

'내가 당신을 제일 많이 닮았다고? 자신의 발끝에도 못미친다고 나를 업신여기던 양반이 느닷없이 이 무슨 말인가?'

갑자기 머릿속이 복잡해졌다. 잘못 들었을 리는 없었다. 아버지는 분명히 당신을 제일 닮은 자식이 나라고 했다. 나는 그를 바라볼 수도 없었고, 할 말을 찾을 수도 없었다.

"얼른 낫기나 하세요."

그의 몸을 주무르던 손이 떨렸다.

이별

내 청춘의 시계는 부모님 병마로 인해 멈춰버렸다. 한참 경력을 쌓고 미래를 대비해야 할 때에 멈춰서 있는 나를 보며 두려움과 불안은 눈덩이처럼 커져갔다. 희망이나 운이라는 것이 내 인생에서 모두 사라져버린 것 같았다. 그렇다고 아픈 부모를 내팽개치고 내 살길만 찾을 수도 없었다. 유일한 일거리인 시간강사직도 언제까지 이어질 지 알 수가 없었다.

강의를 마치고 잠시 들른 학과 사무실에서 영국 유학 중에 잠시 귀국한 후배를 우연히 만났다. 오랜만에 만난 반가움에 휴게실에 앉아 이야기를 나눴다. 그 동안 서로의 안부를 묻고나서 그의 유학생활 이야기를 들었다. 평소 별 관심에 두지 않았던 영국이란 나라가 꽤 매력적으로 다가왔다. 살기에 어떠냐는 나의 질문에 물가가 비싼 나라라고 알려졌지만 그렇지 않다며 이런저런 장점을 늘어놓는데 무척이나 좋아보였다. 무심코 내 나이에도 갈 수 있는지를 물었다. 그는 어학연수라면 아무 문제가 없다며 가보겠다고 하면 도움을 주겠노라 했다. 그의 말은 2년 동안 병간호로 지친 나를 잠시나마 설레게 했으나 처지를 떠올리니 엄두가 나질 않았다. 그러나 한번 가슴에 바람이 들자 시도 때도 없이 영국행을 꿈꾸고 있는 나를 어쩔 수 없었다. 어느새 그 상상은 바닥을 치고 있던 일상에 유일한 낙이 되어버렸다. 결국엔 식사하다 가족들 앞에서 무심코 그 말을 툭 뱉고 말았다.

"1년만 영국 가서 어학연수받고 오면 안 될까요?"

모두가 놀란 얼굴로 나를 바라봤다. 잠시 생각을 하는가 싶더니 남동생이 먼저 말을 꺼냈다.

"누나, 가고 싶으면 다녀와."

이어 아버지도 동의했다.

"나도 괜찮다. 비용은 내가 대줄 테니 다녀와라."

전혀 예상치 못한 가족들의 반응에 어리둥절했다. 정말 가도 되겠냐는 물음에 부모님도 남동생도 언니도 모두 걱정 말고 다녀오라고 했다. 고맙고도 미안해서 뭐라 말을 해야 할지 몰랐다.

연수 준비는 빠르게 진행됐다. 후배가 알려준 대로 유학원을 통해 영국 중부도시의 대학 부설 학원에 등록했다. 이후 비자와 출국 준비로 바쁜 나날이 이어졌다.

떠날 날이 두 주 남았을 때 아버지가 입원했다. 주치의 말로는 상태가 위중하다고 했다. 시간이 얼마 남았냐는 나의 물음에 의

사는 그걸 누가 알겠냐고 말했다. 병실로 돌아온 나는 뼈만 앙상한 그에게 주저하며 말을 꺼냈다.

“저 영국 안 갈래요. 아빠 이렇게 아픈데 제가 어딜 가요.”

“무슨 소리냐! 넌 꼭 가야 한다. 아무렴 내가 죽더라도 가야 한다.”

그의 확고한 어조에 깜짝 놀랐다. 그가 나의 영국행을 이토록 밀어줄 줄은 몰랐다.

“그래도 지금은 안 가요. 아빠 병이 다 나은 후에 갈게요.”

그에게 남은 시간이 얼마일지 모르지만 그때까지 곁에서 돌봐드려야 한다고 생각했다.

“성은아, 내 걱정은 마라. 아빠는 죽더라도 항상 곁에서 널 지켜봐주마.”

눈물이 핑 돌았다. 그를 보고 있으면 울음이 터질 것 같아 창가로 갔다. 한참 동안 둘 사이엔 아무 말이 없었다. 고요한 병실에서 아버지와 나의 감정만이 허공에서 서로 부둥켜안고 있었다.

다행히 병세가 호전된 아버지는 곧 퇴원했다. 그의 뜻이 강했기에 나는 예정대로 떠나기로 했다. 어느 덧 출국일 아침이 됐다. 거실 소파에 앉아 있는 아버지 앞에 섰다. 그는 걱정 말고 잘 다녀오라고 말하며 웃음을 지었다.

“성은아, 혹시라도 연수기간 중에 내가 죽어 장례를 치르게 되더라도 넌 절대 한국에 오면 안 된다. 이미 세상을 떠난 사람이니

와봐야 소용도 없다. 알겠지!"

"죽긴 누가 죽어요! 저 올 때까지 아프지 말고 꼭 살아계세요. 아시겠죠?"

"알았다. 걱정 말고 잘 다녀와라."

그의 목소리가 떨렸다. 그의 눈을 보니 반짝반짝 빛나는 사슴 눈망울이 떠올랐다. 형제들의 배웅을 받고 현관을 나서다 불현듯 든 생각에 다시 거실로 돌아와 그의 앞에 섰다.

"아빠, 한번만 안아볼게요."

나는 태어나서 처음으로 그의 목을 끌어안았다. 그의 마른 팔이 내 등을 감쌌다.

'아빠, 내가 돌아올 때까지 꼭 살아주세요.'

노을

영국 공항에 도착하자마자 공중전화를 찾아 집 전화번호를 눌렀는데 알아듣지 못하는 영어만 들렸다. 이런저런 방법을 써봐도 연결이 되지 않았다. 할 수 없이 일단 짐을 찾고 픽업 나온 이를 만났다. 자정이 다 되어 기숙사에 도착해보니 손목에 있어야 할 시계가 보이지 않았다. 언제 없어진지도 몰랐다. 일단 무사히 도착한 것을 다행이라 여기고 기숙사 내 방에 짐을 풀었다. 이튿날 오후가 되어서야 한국인 학생들의 도움으로 집에 전화하니 왜 이제야 전화했냐는 아버지의 타박을 들었다. 그런데 말씀을 하다가 힘이 부쳤는지 편지를 써서 보내라고 했다. 전화를 넘겨받은 언니는 부모님 모두 잘 계시니 아무 걱정 말고 잘 지내라며 혹여 무슨 일 있으면 메일로 연락하겠다고 했다.

정신없이 일주일을 보내고 나서야 조금씩 주위가 눈에 들어왔다. 기숙사와 학교 주변 편의시설도 파악하고 가끔씩 산책 다닐 공원도 눈여겨두었다. 학교 도서관에서 책도 빌려보고 컴퓨터실에서 무료로 인터넷을 이용하기도 했다. 수업을 함께 듣는 이들과도 조금씩 친해졌고 기숙사 룸메이트들과도 별 문제없이 잘 지냈다. 삼사 일에 한번씩 집에 연락하면 언니가 부모님 상태를 알려줬고 걱정 말라고 날 안심시켰다.

도착한 지 20일째 되는 날, 오전 수업이 끝나고 모처럼 컴퓨터실에서 메일을 확인했다. 스팸메일 몇 개와 올케가 보낸 메일이 있었다. 제목에 '위급'이라고 쓰여 있었다. 내용을 확인한 순간 너무 놀라 입을 틀어막았다.

'언니, 아버님이 위독하세요. 마카오 사는 언니에게도 연락해서 한국에 오라고 했어요. 빨리 연락주세요!'

보낸 시간을 확인해보니 벌써 하루가 지나 있었다. 공중전화를 찾아서 급하게 컴퓨터실을 나가다 입구에 앉아 있는 스페인인 룸메이트를 발견했다. 무작정 그를 잡고 복도로 데리고 나와 휴대폰을 빌려 집으로 전화했다.

전화를 받은 언니의 목소리는 침착했다. 그녀는 네 시간 전에 아버지가 돌아가셨다고 했다. 삼일장이라 무리해서 장례식에 올 필요가 없다 했다. 나는 그 자리에 주저앉아 오열을 터뜨렸다. 고요한 복도에 내 울음소리가 퍼졌다. 며칠 전 언니와 통화할 때만 해도 그가 다시 입원은 했지만 상태는 나쁘지 않다고 했다. 단 며칠 만에 돌아가시다니 믿을 수가 없었다. 아니 믿고 싶지 않았다.

내가 돌아갈 때까지 그는 반드시 살아 있어야 했다. 임종을 지키지 못한 딸이 되는 건 견딜 수 없었다. 죄책감에 가슴이 미어졌다.

'내가 잘못했다. 내가 잘못했다….'

아픈 그를 두고 내가 떠나선 안 됐었다. 막심한 후회로 울음을 그칠 수가 없었다.

룸메이트가 내 울음이 좀 잦아들자 무슨 일이냐고 물었다. 내 아버지가 죽었다고 말하자 그가 어깨를 끌어안아주었다. 그날 기숙사 주방에선 나를 위해 룸메이트들의 위로의 술잔이 오갔다.

다음 날은 학교엘 가지 않았다. 기숙사와 공중전화 부스만 종일 오갔다. 가족들과 통화 중에 몸이 성치 않은 어머니의 목소리를 들었을 땐 다시 주저앉아 대성통곡했다. 눈물이 하늘을 타고 바다를 건너 아버지 영정 앞에 떨어질 때까지….

그의 시신이 화장되는 시간에는 기숙사 바닥에 엎드려 사방으로 절을 하기 시작했다. 어느 방향이 대한민국 제주도, 그의 시신이 화장되는 곳인지 모르기에 나의 절은 사방을 향해 계속되었다. 눈물은 멈출 줄을 몰랐다. 그렇게 아버지를 하늘나라로 보냈다.

영국생활에 익숙해질 무렵 주말이 되면 간단히 도시락을 싸서 홀로 주변 마을이나 유적지를 다녀왔다. 한번은 요크셔 야외조각공원을 찾아가다 정류장을 잘못 알고 허허벌판에 내리게 되었다. 길을 따라 한참을 걸어보았지만 이정표 하나 보이지 않았다. 휴대폰도 없이 낯선 나라에서 길을 잃은 것이다. 주위를 돌아보니 저 멀리 작은 창고가 보였고 사람이라고는 찾아볼 수가 없었다. 불안이 엄습했다. 혹시나 사람이 있을지 모를 창고와 주변의 들판을 두리번거리다가 고개를 들어 하늘을 올려다보았다. 뭉게구름 몇 조각이 천천히 움직이고 있는 서녘 하늘에 걸린 해는 다홍색으로 변해 있었다. 거기에 아버지가 보였다. 나지막이 불렀다.

"아빠, 어디서든 내가 길을 잃지 않게 지켜봐주세요."

금세 불안은 사라지고 내 마음은 평온함으로 가득 찼다.

3부

곱져놓은 한라산

탑동 바다

할아버지 집은 제주도에서 가장 번화가인 칠성통에 있었다. 서울로 치면 명동인 칠성통으로부터 탑동 해안까지는 어른 걸음으로 십여 분 거리였다. 어릴 적 명절이나 제사가 있어 할아버지 집에 가면 눈도장만 얼른 찍고 동생들과 바닷가로 달려나갔다. 둥글넓적한 작은 바위와 자갈로 이루어진 넓은 해안은 언제나 많은 사람으로 북적였다. 돌을 들어올리면 그 아래에는 작은 게와 보말이 있었고 운 좋으면 낙지도 잡을 수 있었다. 바다를 등지면 시내 너머로 우뚝 솟은 한라산을 볼 수 있었고, 동쪽엔 제주항과 사라봉이, 서쪽으론 용두암 근처 해안이 보였다. 우리는 바다에서 잡은 해산물을 가져가서 할머니에게 삶아달라고 했다. 특별 간식이었다.

초등학교 2학년 때 할아버지가 돌아가고 그곳에 가는 일이 뜸해졌다. 1985년, 중학교 3학년 때 탑동 공유수면 일대가 매립되면서 거대한 방파제가 바다와 경계선을 그어버린 이후에는 마치 내 소유의 바다가 훼손된 것 같은 분노가 일어 근처도 안 갔다. 그곳에 다시 가기 시작한 건 대학 입학 후였다.

1980년대 후반과 1990년대 초반만 해도 칠성통에서 탑동까지는 여전히 제주 시내에서 가장 번화한 상권이었다. 특히 바닷가 탑동 주변에 대학생들의 가난한 주머니 사정에 맞게 막걸리나 소주를 파는 주점이 많았다. 이곳에서 술을 먹고 성에 차지 않은 이들은 남은 동전을 털어 구멍가게에서 소주와 새우깡을 사 방파제로 갔다. 가로등도 없는 컴컴한 매립지 공터에서 젊은이들은 적게는 두셋에서, 많게는 스물 남짓 둥그렇게 둘러앉아 술판을 벌였다. 여기저기서 노랫소리도 간간이 들렸다. 두꺼운 가요 책을 펼쳐놓고 통기타를 치며 즐기는 이들도 있었다. 나는 동기들과 방파제를 따라 걷다가 아무 데나 올라가 앉았다. 거기에서 우리는 연애담을 풀어놓거나 진로에 대한 고민을 나눴다. 갑자기 노래가 떠오르면 함께 불렀다.

멀리 검은 바다 위에 불을 켠 배들이 드문드문 보이고 수평선이 있을 곳엔 어둠만 가득했다. 파도가 철썩이는 소리와 바닷물 냄새, 서늘한 밤공기, 거기다 하늘에 떠 있는 별들이 완전히 나를 감싸면 알 수 없는 미래에 대한 기대감보다는 두려움이 밀려들었다. 과연 나는 졸업하고 디자이너로 성공할 수 있을까? 출렁이는 검은 물에다 대고 물어보지만 대답해줄 리 없었다.

대학에 다니는 동안 나는 늘 마음에 구멍이 숭숭 뚫린 것처럼 허전함에 시달렸고 불쑥불쑥 올라오는 뜨거움과 알 수 없는 두려움을 느꼈다. 변화가 없는 답답한 섬, 매일 술 마시고 사랑타령만 하는 친구들. 저 먼 곳에선 하루가 다르게 멋진 것들이 쏟아져 나오는데 주위엔 온통 촌스러운 것뿐이었다. 외국 서적이나 최신 잡지에 실린 작품들을 보며 점점 더 자괴감에 빠져들었다. 참고 자료만 뒤적이며 아이디어를 얻는 것도 지겨웠고 지방대학의 열악한 환경에 졸업한 선배 하나 없는 신생 학과인 것도 불만이었다. 거기다 여전히 디자인이 뭔지, 내가 정말 원하는 건 무엇인지 모르겠다는 불안감과 뭔가 하긴 하는데 도저히 찾을 수 없는 성취감을 견디기가 힘들었다. 꿈은 있는데 가는 길을 도통 모르겠고 지금 내가 하는 것이 옳은지조차 알 수가 없었다. 과제를 하며 실습비로 돈을 많이 쓰는데 결과물이라고 만든 것은 곧 쓰레기가 되었다. 그래도 자존심은 세서 남들보다 뒤처지긴 싫어 억지로라도 하는데 그다지 교수들 눈에도 들지 못했다. 여기가 진정 내가 원하는 곳이 아니라고 부정하면서도 막상 떠나지는 못하는 나의 모순을 보며 속이 뒤틀렸다. 검은 바다에는 이 모든 것을 감추고 술의 힘이나 빌어 허세를 떠는 내가 보였다. 물살이 그런 나를 철썩철썩 때렸다.

답답함에 가슴이 터질 것만 같던 날, 다시 바다를 찾았다. 밤이 아닌 한낮에 마주한 바다는 시리도록 푸르렀다. 힘차게 부서지는 파도를 보고 있노라니 전에 없던 용기가 솟았다. '그래, 이 섬을 떠나자. 저 쉴 새 없이 치는 파도처럼 세상에 직접 부딪치는 거야.' 끝없이 자신을 힐책하던 얼마 전과는 달리 의욕이 솟구치며 뭐든 할 수 있으리라는 희망을 보았다. 바다에 대고 나는 기필코 성공하고 말겠다고 다짐했다.

졸업 후 서울에서 취직한 나는, 그날의 다짐을 이루지 못하고 7년 만에 귀향했다. 나를 패배자라 비웃는 것 같아 다시 찾은 바다를 오래 바라볼 수가 없었다. 하지만 허황된 꿈을 좇기보다는 현재에 충실하며 사는 것이 낫다는 생각이 차츰 들며 스스로를 향한 비난의 목소리도 서서히 사라져서 나중에는 오랜 친구를 만나듯 즐거운 마음으로 탑동에 갈 수 있었다.

검은 빛 바다에는 이젠 먼 과거처럼 느껴지는 내 청춘이 여전히 변함없이 출렁이고 있다.

사계요?

책장에 꽂혀 있는 책들 사이로 돌덩이처럼 생긴 작은 모형 오디오가 보인다. 모양도 이상하고 색도 칙칙하다며 남편이 탐탁지 않게 여기는 물건이다. 책상 위로 가져다놓고 다시 보니 그가 못마땅해 여기는 것이 이해도 됐다. 이십여 년 전 디자인학과를 졸업하며 만든 작품이라 지나온 시간만큼 먼지가 쌓여 지저분했고 디자인도 그다지 좋아보이지 않았다. 이젠 버릴 때가 된 건가.

1992년 3월, 저 멀리 한라산에는 아직 눈이 덮여 있었지만 교정에는 개나리가 이미 활짝 피었다. 졸업심사를 앞두고 박쥐 날개를 소재로 한 오디오 디자인 초안과 제작계획서를 지도교수에게 제출했다. 검은 가죽 슈트를 입은 배트맨의 활짝 펼친 날개에서 소리가 나오면 근사할 것 같았다. 기대와는 달리 혐오감을 부른다며 교수는 혹평을 퍼부었다. 자신했던 만큼 실망도 컸다. 울상이 된 나를 보며 안타까웠던지 교수님은 시간을 더 줄 테니 제주도에만 있는 특별한 소재를 찾아보라고 했다. 의욕은 바닥까지 떨어졌지만, 졸업을 위해선 할 수 없었다. 매일 도서관에 가서 자료를 찾고 사방에 펼쳐진 제주의 풍광을 하염없이 바라보았다.

일주일 후, 새로운 계획서는 쓰지도 못한 채 그 동안 모은 자료만 잔뜩 가지고 갔다. 혹시 이러다 졸업을 못하나 싶어 수업시간 내내 고개를 들지 못했다. 답보상태인 나를 보며 교수님은 대뜸 '사계'에 가보라고 했다.

"사계요?"

제주도에 살면서도 '사계'라는 곳을 들어본 적이 없었다. 고전음악 제목 말고는 처음 듣는 이름이었다. 되묻는 나를 보며 교수님은 어이없어 했다. 수업이 끝나자마자 친구들에게 물어보니 제주도 서쪽 끝에 자리한 산방산 근처 해안이 사계라고 했다. 산방산이라면 종 모양처럼 생긴 그 산 아닌가. 초등학교 때 그 산 중턱의 절에서 약수를 먹었던 기억이 어렴풋이 났다.

다음날 사진기와 스케치북을 챙겨 시외버스터미널에 갔다. 버스는 이름 모를 작은 마을마다 모두 정차하였고 한 시간 반 후 산방산에 도착했다. 안내소에 있는 안내원에게 사계로 가는 길을 물었다. 무뚝뚝한 인상의 남자는 여기가 사계라고 했다. 순간 내가 잘못 들었나 싶었다. 혹시 사계라는 해안이 따로 있냐고 물었다. 직원은 용머리 해안을 말하느냐고 물었다.

“네에? 용머리 해안요?”

또다시 처음 들어보는 이름에 할 말을 잃었다. 직원은 산방산 우측으로 길게 펼쳐진 들판을 가리켰다.

“길 따라 내려가면 용머리 해안이 나와요. 곧 밀물이 들어오니 얼른 구경하고 오세요.”

안내원은 돌아서는 나에게 사계는 이 마을 이름이라고 알려줬다.

알려준 대로 들판의 좁은 길을 따라 걷다보니 ‘용머리 해안’이라고 적힌 작은 표지판이 보였다. 그 너머는 절벽이었다. 해안으로 내려가는 길은 경사가 가팔라 발을 헛디디면 바로 굴러떨어질 것 같았다. 벽을 짚어가며 부들부들 떨면서 내려갔다. 십여 분이나 지났을까? 어두운 바위틈으로 바다가 보였다. 한 사람만 간신히 빠져나갈 수 있을 정도의 틈을 비집고 나가니 바로 눈앞에 푸른 바다가 펼쳐졌다. 파도는 내가 선 널따란 바위를 부술 듯 치고 있었다. 시원히 펼쳐진 바다를 보니 긴장이 조금씩 풀려갔다. 한숨을 크게 쉬고, 뒤를 돌아보았다.

‘아….’ 탄성이 터져나왔다. 웅장한 절벽이 병풍처럼 나를 에워싸고 있었다. 해안을 따라 길게 뻗어 있는 절벽에는 층층이 쌓인 화산 퇴적물이 오랜 시간 동안 파도에 깎여 다양한 모습을 만들어내고 있었다. 거대한 석상처럼 생긴 바위와, 퇴적암이 만들어낸 아름다운 줄무늬는 정말 환상적이었다. 한참 넋을 잃고 바라보고 있는데 바닷물이 어느새 발치까지 밀려들어왔다. 얼른 사진기를 들고 셔터를 사정없이 눌러댔다.

인화한 삼십여 장의 사진을 작업실 벽에 붙여놓고 매일 뚫어져라 쳐다보았다. 사진을 오래 들여다보면 매직아이 그림처럼 오디오 형체가 쑤욱하며 나타나리라 생각했다. 그러나 매일 밤을 꼬박 새우다시피 했어도 빈 종이에 선 하나조차 그릴 수가 없었다. 초조함에 평소보다 일찍 강의실로 갔다. 많은 학우들도 별로 진전을 보지 못해 분위기는 좋지 않았다.

이대론 도저히 안 되겠다는 생각이 들었다. 문득 이미지가 하나 떠올랐다. 검은 색 4절지와 파스텔을 꺼냈다. 진회색 파스텔을 잡고 도화지 중앙에 기다란 바위를 그렸다. 다음으로 바위 중앙에서 왼쪽으로 부챗살처럼 퍼져나가는 사계 절벽의 줄무늬를 그렸다. 형태는 나쁘지 않았지만, 완전한 모습과는 거리가 멀었다. 오디오의 기능과 연계하려면 좀 더 고민이 필요했다. 다시 자신 없어져, 제출하지 않을 생각에 도화지를 책상 밑에 넣었다.

수업이 시작되자 교수님은 작품 진행 상황을 점검했다. 내 차례는 가장 마지막이었다. 지지부진한 학생들 작품을 검토하는 교수님의 목소리가 점점 커져만 갔다. 심지어 한 학생에게는 이럴 거면 학교를 때려치우라며 소리를 질렀다. 마지막 차례가 되어 내 자리에 온 교수님은 아무것도 놓여 있지 않은 빈 책상을 노려보았다. 두려움에 얼른 책상 밑으로 손을 넣고 검은 종이를 꺼냈다. 그리고 눈을 감아버렸다. 한동안 아무 소리도 들리지 않아 눈을 떠보니 교수님은 내 그림을 바라보고 있었다. 좀 전까지 성내던 교수님의 눈빛은 사라지고 없었다.

"이거 좋은데."

턱에 손을 갖다대고 만지작거리며 다음 단계로 들어가라고 말했다. 전혀 예상치 못한 반응에 정신이 얼떨떨했다. 예상과는 달리 내 디자인만 유일하게 통과됐다. 속으로 만세를 외쳤다.

그날 이후 속도를 내어, 디자인을 완성해나갔다. 작품을 제작하면서 어려움도 많았지만, 어디에서도 보지 못한 나만의 오디오 모형이 완성되었다. 내 작품은 뜻밖에도 교수님 추천을 받아 그 해 전국대학미전에 출품되어 제품디자인부문 금상을 받았다. 일반적인 형태의 제품디자인들 중에서 지역 특색을 담은 특이한 형태의 내 작품이 신선했다는 게 심사위원들의 평이었다. 수상 경력을 인정받아 제주도 촌사람이었던 나는 서울에 있는 디자인회사에 취직하게 되었다. 하지만 수상 경력은 입사할 때를 제외하곤 쓸모가 없었다. 그 상을 알아주는 이들도 없을 뿐더러, 내가 살짝이라도 언급하면 실력 없는 애들이나 상 받은 거 자랑한다고 비웃음을 샀다. 자존심이 무척 상했지만 직장생활을 하다보니 수상 경력보다 전문 자격증 하나 더 있는 것이 낫다는 것에 동의할 수밖에 없었다.

그럼에도 나는 여태 이 물건을 버리지 못했다. 단순히 상을 받은 기쁨 때문만은 아니었다. 이것에는 나의 고향 제주도의 푸른 바다가 있고 젊은 날 디자인에 대한 열정이 들어 있었다. 물건이 버려지면 마치 기억도 사라질까봐 두려웠다. 내 인생에 몇 안 되는 영광의 순간인데.

글을 쓰다 말고 벌떡 일어나 그 돌덩이를 쓰레기봉투에 담아 버렸다. 홀가분했다. 진작에 왜 못 그랬나 웃음이 났다.

'괜찮아, 그 기억을 글로 남겨두었으니.'

술에 취한 바다

이생진 시인은 제주도 성산포에 가려거든 자신의 시집 『그리운 바다 성산포』를 가지고 가라 했다. 일출봉에서 우도 쪽을 바라보며 시집을 펴면 시집 속에 든 활자들이 모두 바다로 뛰어들 것이며, 바다에서 시를 읽을 것이라고 했다. 성산포에는 바다가 들려주는 시가 있고, 그리운 엄마와 나의 이야기도 있다.

2002년 한일 월드컵이 끝나는 날, 제주도에서 뇌출혈로 쓰러져 의식을 잃은 쉰네 살의 엄마를 급히 서울의 대형병원으로 이송했다. 뇌수술의 권위자로 알려진 담당 의사의 말로는 수술하면 괜찮아진다며 걱정하지 말라고 했다.

뇌수술을 받고 의식이 돌아온 엄마를 만나는 자리였다. 회복실로 들어가기 전 형제들은 가벼운 농담을 주고받았다. 사경을 헤매던 엄마가 눈을 뜨고 누구 이름을 제일 먼저 부를까 궁금하다며, 언니는 집안 장손이자 막내인 남동생을 바라봤다. 엄마는 딸만 셋을 내리 낳고 귀하게 얻은 막내아들을 끔찍이 아껴왔다. 그때, 엄마가 처음으로 부르는 사람이 병간호를 도맡아하는 게 어떠냐고 여동생이 제안했다. 돌아가시는 줄 알았던 그가 깨어났는데 간병이야 대수냐고 다들 그러자했다.

엄마는 눈을 감고 있었다. 간호사가 그의 이름을 부르며 깨웠다. 엄마는 천천히 눈을 떴다. 나와 형제들은 작은 탄성을 질렀다. 그리고 누구 할 것 없이 엄마를 불렀다.

엄마의 멍한 눈빛. 눈빛이 좀 이상했다. 그는 낯선 이들을 보듯이 우리를 바라보았다. 언니가 우리를 알아보겠냐며 말 좀 해보라고 했다. 몇 초간의 침묵을 깨고 엄마는 "성은아" 하며 둘째 딸인 나를 불렀다. 의외의 호명에 깜짝 놀랐다. 여동생이 자신의 이름도 불러달라고 했다. 그런데 엄마는 여동생에게도 내 이름을 불렀다. 엄마는 언니, 남동생, 간호사에게도 "성은아"라고 불렀다. 뭔가 잘못됐다. 주치의를 만나서 엄마의 상태에 관해 설명을 부탁했다. 의사는 뇌수술 후유증이라며 조금 시간이 지나면 괜찮아지니 걱정하지 말라고 우리를 안심시켰다.

엄마는 말만 잘못하는 게 아니었다. 인지능력도 떨어지고 괴성을 지르는 등 이상행동을 보였다. 병원을 나가겠다고 몸부림치는 엄마를 간호하는 일은 쉽지 않았다. 상태가 심한 날은 엄마를 침대에 묶어놔야 했다. 내 이름만 부르는 바람에 엄마가 입원한 병동에서 '성은이'를 모르는 사람이 없었다. 형제들은 결혼한

지 얼마 되지 않아 자녀들이 어렸고, 여동생 가족은 외국에 산다는 이유로 간병에 어려움이 있었다. 2년 전 이혼하고 친정에 들어가 살던 내가 맡을 수밖에 없었다. 형제들의 농담이 현실이 된 셈이었다.

엄마의 후유증이 전혀 나을 기미가 보이지 않자 재검사에 들어갔다. 의사는 뇌수술 부위에 물이 찼다며 3개월 후 재수술을 하자고 했다. 간단한 수술이니 이번에도 걱정하지 말라고 했다. 그러나 결과는 참담했다. 엄마는 상태가 더 나빠져 식물인간이 되었다. 다시 3개월 후에 세 번째 수술을 받고서야 의식을 차렸고 몸을 움직일 수 있었다. 하지만 엄마의 정신은 죽을 때까지 완전히 회복되지 않았다. 언어장애는 계속되고 심한 우울증을 앓았다. 이후 5년 동안 엄마의 몸은 정신과 함께 서서히 무너져 내렸다.

'엄마는 왜 내 이름만 불렀을까?'

풀리지 않는 의문이었다. 정신을 끝내 차리지 못한 엄마에게 이유를 듣지 못했으니 나름 추측해볼 수밖에 없었다. 일하는 중에도, 주변인들과 이야기를 나누거나 밥을 먹다가도, 집에 돌아오는 길에 해 질 녘을 바라보다가도, 잠자리에 들어 하루를 돌아볼 때도 수시로 엄마는 나를 불렀다. 그럴 때면 나도 물었다. 왜 나만 불렀냐고.

엄마 병문안을 왔던 샛엄마는 다른 형제들은 다 행복한 가정을 이뤘는데 짧은 결혼생활을 마치고 혼자된 내가 걱정되어 불렀을 거라고 했다. 하지만 내 생각은 달랐다.

엄마와 아빠는 자라온 환경과 성격 차이로 결혼 직후부터 화목하지 못했다. 결국 부부는 각방을 썼고 대화는 거의 나누지 않았다. 내가 대학을 졸업하고 서울에 있는 회사에 취직했을 때쯤 엄마는 아빠와 이혼하고 나와 살고 싶다고 했다. 평소에 늘 엄마 편이었던 나는 걱정하지 말라고, 내가 엄마를 행복하게 해준다고 큰소리쳤다. 엄마는 그런 딸이 좋았는지 종종 서울에 와서 좁은 원룸에서 며칠씩 지내다갔다. 남대문 새벽시장도 가고 가을빛 가득 담긴 비원의 뜰을 거닐었다. 혜화동에 있는 소극장에 가서 연극도 보고 인사동 주점에서 내 친구들과 함께 술도 마셨다. 엄마는 무척 행복해보였다. 그럼 나도 그 행복에 함께 젖었다.

일 년에 두어 번 직장에서 휴가를 받아 제주도로 가면 엄마는 내가 좋아하는 성산포에 꼭 데려다주었다. 나는 제주에서 태어나 살면서 성산포가 제일 좋았다. 거기엔 신비함이 있었고 일출봉에 올라 제주라는 섬을 바라보는 것이 낯설면서도 좋았다. 내려오는 길에 엄마와 나는 해녀들이 파는 소라와 해삼 한 접시를 사서 푸른 바다 앞에 앉아 소주 한 잔씩 마시며 행복해했다. 그 소주 한 잔에 서울에서 지고 온 피로가 다 풀렸다. 그리고 사랑하는 엄마와 마시는 술은 그 어떤 술보다 좋았다.

엄마가 돌아가시고 나는 뭔가 고민이 생겨 답답할 때나 엄마

얼굴이 보고 싶을 때면 성산포에 갔다. 어느 해인가 내 이야기를 듣고 시인 친구는 이생진 시인의 육성이 담긴 녹음 파일을 보내주었다.

성산포에서는
남자가 여자보다
여자가 남자보다
바다에 가깝다
나는 내 말만 하고
바다는 제 말만 하며
술은 내가 마시는데
취하긴 바다가 취하고
성산포에서는
바다가 술에
더 약하다.

— 이생진의 시 「술에 취한 바다」

그의 시를 읽고 바로 차를 몰고 성산포로 갔다. 엄마와 함께했던 일출봉 아래 바닷가 너른 바위 위에, 쟁반에 든 해삼과 소라 한 접시, 소주 한 병을 놓고 앉았다. 빈 잔에 소주를 채웠다. 시간은 다시 과거로 돌아가 엄마와 나는 이곳에 앉아 있다. 그는 나와

술을 마시며 언젠가는 시골에 집을 지어 귤나무도 심고 작은 텃밭을 일구며 살고 싶다고 했다. 가끔은 둘이서 여행을 떠나자고도 했다. 비록 남편의 사랑은 못 받았지만 나만 같이 있어 준다면 행복할 것이라 했다. 나 또한 새로운 인연을 만나는 것보다는 사랑하는 엄마와 함께 사는 것이 더 좋을 것만 같았다. 엄마는 내 영혼의 친구였다.

엄마와 나의 꿈은 끝내 이루어지지 않았다. 그가 마지막 숨을 거둘 때 귓가에 대고 나는 말했다.

"엄마, 내 안에 들어와서 살아…."

바다를 바라보며 내 안에 있는 엄마에게 말을 건넸다. '엄마, 여기 참 좋지….' 소주 한 병을 마셔도 전혀 취하지 않았다. 시인 말대로 바다가 술에 더 약했다.

나이브한 사람들

대학본부 대회의실에선 J대 ○○사업단이 감사를 받고 있었다. 중앙에 자리한 총장을 중심으로 교육부에서 파견된 감사원 세 명에 마주하여 교무위원, 사업단장과 부단장, 행정실장인 내가 자리했다. 끊임없이 이어지는 감사원들의 지적 속에 삼십대 후반으로 보이는 여성 감사원이 다리를 꼬고 실내용 슬리퍼를 까딱까딱 움직이며 말했다.

"이렇게 '나이브' 하게 일하시면 안 되죠."

교육부의 ○○사업에 꼴등으로 선정된 J대학교의 문제점을 하나하나 짚으며 1차년도 사업 결과에 따라 사업을 취소할 수 있으니 각오하라고 그녀는 경고했다. 연간 25억 원에서 50억 원을 지원받는 사업이기에 억울해도 눈치보느라 그저 듣고 있어야만 했다. 감사가 끝나고 회의실을 나서는데 솟구치는 화를 주체할 수가 없었다. 단순히 일을 못한다고 말했다면 이렇게까지 기분이

상하진 않았을 것이다. '나이브'라는 단어는, 십여 년 전 서울에서 직장생활을 할 때 들었던 '촌년'이란 말을 떠올리게 했다. 그 말이 싫어 얼마나 독을 품고 일했던가. 오랜 직장생활을 통해 나름 촌티를 벗었다고 생각했는데 다시 한 방 얻어맞은 나는 끓어오르는 수치심으로 정신을 차릴 수가 없을 지경이었다.

사무실로 돌아간 나는 전국 50개 사업단 중 상위 30%에 진입하는 것을 목표로 세웠다. 직원들이 너무 높게 잡는 것이 아니냐며 걱정을 표했지만, 나는 이 정도는 잡아야 중간이라도 간다고 못을 박았다. 자존심은 둘째 치고 계약직 공무원으로 근무 중인 나와 열다섯 명의 행정실 직원들의 일자리를 잃게 할 순 없었다. 그날 이후 직원들의 야근과 휴일 근무는 당연한 것이 되었고 하루에도 업무회의는 수시로 열렸다. 우수하다는 타 대학 사업단을 찾아가서 간곡히 사정하고 어렵게 업무 노하우를 배웠다. 사업단에 필요한 정보나 득이 되는 일이라면 그야말로 수단과 방법을 가리지 않고 얻어내고 참여했다. 그렇게 하나둘 모은 정보를 살펴보니 감사원이 우리를 향해 왜 나이브하다고 말했는지 알게 됐다. 잘한다는 대학들은 하나같이 통합 시스템을 구축하여 체계적으로 사업을 관리하고 있었고 남들과는 확실하게 차별되는 창의적인 프로그램도 운영했다. 우리 사업은 거기에 비하면 주먹구구식 운영으로 한참 뒤떨어져 있었다. 문제가 파악되자 곧바로 개선에 들어갔다.

1년 동안 사업단과 대학은 할 수 있는 최선의 노력을 다했다. 총장님이나 대학본부의 지원도 아낌없었다. 지역 내 지자체와 기관, 산업체와의 교류와 협력도 활발히 진행했다. 사업단 소속 교수와 직원들은 평가를 앞두고 보고서 작성에 만전을 기하고자 두 달여간 철야근무에 들어갔다. 정말이지 딱 죽지 않을 정도로 열심히 했다.

2013년 4월, 1차년도 사업평가 결과가 발표됐다. 모두의 예상을 뒤엎고 전국 1위라는 기적 같은 성적을 받았다. 중앙 일간지 사회면에 J대 ○○사업단 평가 결과가 기사화되고 교육부 및 타 대학에서 칭찬이 쏟아졌다. 꼴찌 사업단이 눈물나는 노력을 통해 1년 만에 기대 밖의 성과를 보여준 것에 대한 찬사였다. 나는 너무 감격한 나머지 환호성을 지르며 밤새 길거리를 뛰어다니다가 넘어져서 무릎을 깨먹었다.

기쁨은 잠시, 갑자기 스포트라이트를 받게 되자 계속 이 자리를 지킬 수 있을까 하는 불안이 엄습했다. 다행히도 시스템이 어느 정도 구축된 데다 자신감이 붙자 일은 가속을 받았고 2차년도 사업평가에서도 최우수사업단에 선정되었다. 2년 연속 국책사업비 50억 원을 받은 것이다. 이러한 결과 때문인지 사업단에서 공들여 쓴 천 페이지에 달하는 사업보고서를 한번만 볼 수 없겠냐고 사정하는 타 대학 관계자들의 청탁이 많았다. 우리는 철저히 보안을 유지했다. 이젠 우리 사업단에 와서 벤치마킹하겠다는 대학이 줄을 섰다. 너무 많이 찾아와서 업무에 방해가 될 정도였다. 더는 안 되겠다 싶어 타 대학에서의 방문을 일체 거절하기 시작했다. 하지만 포기하지 않고 거듭 부탁을 해오는 이들이 있었다. 그중에서 D대학 사업단은 너무도 간곡히 사정하기에 한 시간 이상은 내주기가 어렵다는 조건으로 방문을 수락했다.

비행기에서 내리자마자 바로 왔다는 D대학 사업단 일행이 회의실로 들어왔다. 간단히 인사를 나누고 곧바로 본론으로 들어갔다. 그들은 남들 못지않게 아니 더 열심히 사업을 했는데 왜 자신들이 이런 평가를 받았는지 모르겠다고 했다. 지난해 평가에서 최하위 사업단으로 선정되자 전 행정팀장은 스트레스로 병이나 퇴사를 했고, 곧 폐업을 앞둔 회사처럼 하루하루가 너무 힘들다고 말했다. 나이브한 사람들이 여기에도 있었다.

이 사업의 상황을 보자면 교육부의 한정된 국책사업비를 두고 재정이 열악한 지방대학 간에 치열한 쟁탈전이 벌어진다. 경쟁이란 것이 성과를 올리기에 아주 좋은 동기가 되지만, 결국엔 승자가 있으면 패자가 있다. 승자독식, 교육사업이라고 예외가 아니었다. 만일 저들을 도와줘서 평가 성적을 올리면 우리가 가져야 할 몫은 그만큼 줄어드는 것이었다. 예정과는 달리 오랜 시간 이야기를 나누고 그들에게 도움이 될 만한 자료를 한아름 안겼다. 하지만 그들이 그토록 원했던 우리 사업단 보고서만은 보여줄 수 없었다.

“할 수 없지요” 하고 고개를 숙이며 돌아서는 그들의 뒷모습을 보고 있자니 기분이 착잡했다.

휴일에 어린 자녀를 데리고 와서 공부시키면서 근무하는 직원을 아무 말도 못하고 지켜봐야 했다. 밤샘하고 퇴근하다가 졸음운전으로 교통사고를 낼 뻔했다는 직원의 말을 들었을 때는 등골이 서늘했다. 내 건강에도 빨간불이 켜졌다. 갑자기 숨을 쉴 수가 없는 공포, 공황장애 초기증상이 나타났다. 내 상태를 안 선배는 좀 쉬는 게 어떻겠냐고 어렵게 말을 꺼냈다. 처음에는 그간 고생이 아깝다는 마음에 그만둔다는 건 있을 수가 없다고 생각했다. 사업단 위상이 높아지며 나는 전국 ○○사업단 실무협의회위원장까지 맡고 있었다. 몇몇 대학에서 스카우트 제의도 받았다. 나름 전성기를 누리고 있었다. 하지만 나는 어떻게든 견디더라도 다른 누가 틀림없이 다칠 거라는 생각에 겁이 났다. 도대체 무엇을 향해 이토록 기를 쓰고 달리는지 알 수가 없었다.

교육사업에 매진했던 지난 10년 간의 질주를 이쯤에서 멈춰도 별 후회는 없을 것 같았다. 미혼이었기에 당장 돌볼 가족도 없고 퇴직금으로 당분간은 휴식을 취하며 미래를 다시 계획해보는 것도 나쁠 게 없다는 생각이 들었다. 새로운 일자리를 마흔다섯, 이 나이에 구할 수 있을까 잠시 염려도 되었지만, 돈을 조금만 벌더라도 마음 편하게 사는 게 나을지도 모른다는 생각이 들었다. 그 무엇보다도 나 자신을 지탱할 에너지가 거의 소진되었음을 인정해야 했다.

그해 10월 대학 총장님의 만류에도 불구하고 사업단을 그만뒀다. 1년 정도 안식년을 갖는다는 생각으로 쉬었는데 7년이 지난 지금까지 운 좋게도 다시 취업할 일은 생기지 않았다. 제주를 떠나 서울에서 가정을 이뤘고 한가롭게 전원에서 살고 있다.

편안한 일상이 이어지며 이젠 완전히 그 세계를 떠났다고 생각하다가도 문득 뉴스를 읽다가 나이브라는 단어를 마주하면 어김없이 눈에 힘이 들어간다. 그날 그녀는 왜 하필 나이브라는 단어를 꼭 집어 썼을까? 평상시 언어습관일까 아니면 자극을 주려고? 만약 의도였다면 그녀의 작전은 성공한 셈이다. 나이브하다는 소리를 듣지 않기 위해서 우리는 매일 야근과 휴일 근무를 죽도록 했고 놀랄 만한 성과를 이뤄냈으니 말이다. 하지만 그녀가 질책한 나이브함으로부터 벗어난 세계에선 우리는 몸을 혹사하고 가정을 등한시해야 했으며 경쟁 대학과는 적이 되어야만 했다. 일등의 기쁨은 잠시였고 그 자리를 지키기 위해 견디어야 할 무게는 상당했다. 세상은 그만한 대가를 요구했고 나는 버티지 못하고 백기를 들었다. 그런 삶을 이어간다는 건 나를 불쏘시개로 쓰는 것과 다름없었다.

나는 아직도 나이브란 단어를 만나면 얼굴을 붉힌다. 촌년 콤플렉스에서 완전히 벗어나지 못한 모양이다. 그럼에도 조금은 나이브하게 사는 게 나쁘지 않다고 생각한다.

곱져놓은 한라산

매주 한라산 등반을 이어가고 있다. 지난 주는 어리목으로 올랐으니 오늘은 영실 탐방로로 향한다. 단풍철에 주말이라 그런지 주차장에서 빈 곳을 찾기가 어려웠다. 등산로 입구 안내판 주변에서 단체로 온 중년 여성들이 손가락으로 하트 모양을 만들어 기념사진을 찍고 있었다. 그들은 신바람나서 큰소리로 웃거나 사진 찍자고 고함을 치며 일행을 불렀다. 산에서 고요한 아침을 맞이하려는 나에게는 조금 거슬리는 광경이었지만, 남한에서 가장 높고 아름다운 이곳을 등반하는 그들의 마음을 이해하지 못하는 것도 아니었다. 1938년, 정지용 시인은 추자도에서 하룻밤을 지내고 새벽녘 해면海面 위에 나타난 한라산을 보며

"눈물이 절로 솟도록 반갑지 않으오리까. 한눈에 정이 들어 즉시 몸을 맡기도록 믿음직스러운 가슴과 팔을 벌리는 산이외다."
(『정지용 전집 2 산문』, 민음사, p137, 「일편낙토 —다도해기 5」)

라고 쓴 기행문뿐만 아니라 「백록담」이라는 명시를 남기지 않았던가.

등산로에 들어서니 계곡을 흐르는 물소리가 들리고 짙은 소나무 향기가 코를 싸하게 찔렀다. 물기 없는 나뭇잎들이 서로 비비며 내는 소리와 함께 시원한 바람이 귀를 스쳤다. 굳었던 얼굴에 긴장이 조금씩 풀렸다. 웅장한 소나무 숲길이 끝나자 구름 한 점 없는 새파란 하늘과 영주십경瀛州十景 중 하나인 영실기암이 자태를 드러냈다. 감탄도 잠시, 십 분 정도 돌계단을 올랐을 뿐인데 숨은 턱까지 차오르고 심장은 터질 것 같았다. 가을 햇살은 여름 못지않게 따가운 데다 조금 전까지 불었던 바람도 자취를 감췄다. 최근에 과로해서인지 금방 지쳤다. 잠시 등산로 한쪽에 있는 큰 바위에 기대어 섰다. 가쁜 숨을 몰아쉬고 있는데 갑자기 떠오른 생각에 얼굴이 확 달아올랐다.

며칠 전 밤 늦게까지 폭음하고 귀가해서는 SNS에서 나와 아무 관계도 없는 유명한 시인에게 '제주도에 놀러오라고' 메시지를 보냈다. 이튿날 잠이 깨고 나서 지난 밤의 추태를 떠올리며 베개에 얼굴을 묻고 비명을 질렀다. 낮에는 맡은 일을 척척 해내 능력자 소리도 가끔 듣지만, 밤에는 술에 취해 아무에게나 치근대는 꼴이란. 매주 산에 혼자 오르는 것도 남들에겐 자랑처럼 말하지만 사실은 휴일에 마흔네 살의 독거녀를 아무도 만나주지 않아서였다. 극심한 피로감에 당장 되돌아가고 싶었지만, 이 고비만 넘기면 걸을 만하다는 것을 알기에 숨을 고르고 다시 계단을 올랐다.

윗세오름 정상에 오르자마자 휴게소로 가서 줄을 섰다. 기다림 끝에 받은 사발면을 국물이 쏟아지지 않게 조심해서 들고 사람들이 없는 자리를 찾아 휴대용 방석을 깔고 앉았다. 배낭을 열고 커피를 담은 보온병과 김밥을 꺼냈다. 그때 바로 옆에서 한 남성의 목소리가 들렸다.

"뭐 맛있는 거 싸왔나요? 저랑 바꿔 먹을래요?"

이 무슨 뜬금없는 말인지. 고개 들어보니 오십대로 보이는 남자가 내 배낭 속을 들여다보고 있었다. 남의 배낭을 무례하게 보는 것도 싫었지만 구면인 듯 능글맞은 태도를 보이는 건 더욱 싫었다. 몇 마디 받아줬다가는 옆에 눌러앉을 기세였다. 시선을 피하고 대답은 짧게 하며 불편함을 내색했다. 그런데도 이 막무가내가 이번에는 꺼내놓은 김밥을 보며 맛있냐고 물었다. 나는 미간을 좁히며 그를 노려보았다. 살짝 놀란 그가 한발 물러섰다. 그러더니 주머니에서 양갱을 꺼내고는 나에게 받으라고 하는 거였다. 황당함에 상대의 성의고 뭐고 할 것 없이 딱 잘라 거절했다. 그는 포기하지 않고 계속해서 받으라고 했다. 더는 상대해선 안 되겠다 싶어 고개를 숙이고 무시해버렸다. 얼마 간의 시간이 흘러 이젠 포기하고 돌아갔겠구나 싶어 고개를 들었다. 그때 일행의 무리로 향하던 그가 갑자기 돌아서더니 앉아 있는 내 앞에 양갱을 던져놓다시피 주고 가면서 한마디를 남겼다.

"그쪽 주려고 가져온 거니 알아서 하세요."

양갱 남자 일행이 떠나자 겨우 마음이 진정되면서 그제야 산의 정취를 음미할 수 있었다. 백록담을 바라보니 아름다운 신부의 면사포 같은 구름이 천천히 걷히고 있었다. 비록 한라산 맨 꼭대기는 아니지만, 윗세오름에만 올라도 뿌듯하고 만족스러웠다. 산 아래서 담아온 스트레스는 몇 번의 심호흡으로 산산이 흩어졌다. 마음에 여백이 생기며 막혔던 숨통이 트였다. 온몸에 이곳의 기운이 충분히 채워졌다 싶으니 긴장이 풀리고 얼굴엔 잔잔한 미소가 번졌다.

대학에서 학생교육지원사업단 행정실장으로 일한 지도 벌써 9년이 지났다. 잠시 미래에 관한 생각에 잠겼다. '지금처럼 열심히 일하고 주말이면 한라산에 와서 위로를 받고 그럼 되지 않을까? 남자 꼭 필요할까? 퇴근해서 집에 들어가면 아무것도 하기 싫은데 누군가를 챙겨야 한다면 얼마나 피곤할까?' 항상 나를 믿고 응원해주는 내 오랜 친구의 얼굴이 떠올랐다. 시간이 나면 그녀와 여행 다니고 맘대로 자유를 누리며 살아도 별 문제 없을 거라는 생각이 들었다. 언제나 내 곁에서 한라산이 지켜줄 테니 건강도 큰 문제가 될 것 같지 않았다. 밤낮으로 나를 괴롭히던 지독한 외로움도 사라졌다. 마음의 주름살이 조금씩 펴지는 게 느껴졌다.

하산하는 길 옆 넓은 산등성이에는 억새가 활짝 피어 있었다.

그 아래로 빼곡히 자란 조릿대 잎사귀에 바람이 스치며 내는 바스락 소리가 나를 응원해주는 박수처럼 들렸다. 산을 오를 때와는 달리 지나가는 등산객들에게 미소를 지어보였다. 한두 시간 전만 해도 술에 취해 저지른 일을 떠올리며 수치심에 몸을 떨었다면, 지금은 그깟 실수쯤이야 잊어버리자 하며 툭툭 털어내고 있었다. 이 맛에 아무리 피곤해도 매주 이 산을 찾는 것이리라. 그뿐인가. 나의 한라산 사랑은 술에까지 이어진다. 술자리에서 백록담이 그려진 '한라산 소주'만 찾는다.

문득 양갱이 떠올랐다. 바닥에 그대로 두고 오려다 마지못해 배낭에 넣어두었다. 단것을 좋아하지 않아 한번도 직접 사 먹어 본 적은 없었다. 포장을 뜯어 한입 깨물어 먹었다. 생각보다 맛있었다. 순간 멋쩍은 웃음이 났다. 그냥 고맙다고 인사하고 받을 것을 왜 그렇게 쌀쌀맞게 굴었는지. 하긴 언제부턴가 내게 다가오는 모든 남자들에게 가시를 세워 야멸차게 대하고 있었다. 이러다 이상형을 만나도 쫓아버리겠다. 평생 혼자 사는 건 아닐까?
'그럼 어때. 혼자 사는 것도 그리 나쁘진 않아.'

한라산을 마지막으로 오른 것은 그 다음해 가을이다. 내 나이 마흔다섯. 서울에서 제주로 놀러온 한 남자를 추석에 소개받고 시월의 마지막 날, 함께 한라산 정상에 올랐다. 다음날 직장에 사표를 내고 한달 후 고향 제주도를 떠나 그의 집에서 같이 살기 시작했다. 이듬해에는 구청에 가서 혼인 신고를 했다.

어느덧 결혼한 지도 6년이 지났다. 현재의 삶은 혼자였을 때보다 훨씬 따뜻하면서 편하다. 간혹 양갱 남자를 떠올릴 때면, 이성에 대한 지독한 경계심으로 무장한 가여운 내가 보인다. 어쩌면 그는 나에게 새로운 인연을 두려워 말고 부딪쳐보라는 메시지를 전하는 한라산 전령이 아니었을까. 그래서 남편을 처음 만났을 땐 두려움보다 용기가 났는지도 모르겠다.

뜨겁던 신혼이 지나서 그런가? 가끔은 혼자 오르던 한라산이 그립다. 지난 날 수많은 고민과 불안에 싸여 휘청거릴 때마다 그 누구도 해줄 수 없던 위로를 주었던 곳. 그 은혜를 어떻게 갚아야 하나 고민 끝에 고작 생각해낸 것이라곤 내가 죽어 한라산의 한 줌 흙이 되고 그 자리에 새로운 생명이 자라나길 바라는 것이었는데….

눈을 감으니 청명한 하늘과 시리도록 푸른 백록담이 떠오른다.

"가재도 기지 않는 백록담 푸른 물에 하늘이 돈다."

정지용 시인의 시 「백록담」이 배경음악처럼 들린다. 때마침 냉장고 깊숙한 곳에 곱져놓은 한라산 소주가 생각났다. 오늘은 숨겨놓은 두 개의 산을 꺼내서 함께 그리움에 흠뻑 젖어보리라.

4부

용동헌 이야기

용동헌龍膧軒 이야기

K를 2014년 9월에 소개받고 2개월 후부터 동거에 들어갔다. 제주도에서의 생활을 정리하고 경기도에 사는 그의 집에 이사했다. 1년이 지났을 때 우리는 구청에 가서 혼인신고를 했다. 2015년 12월 24일, 크리스마스이브라 그런지 민원실엔 사람이 거의 없었다. 중년의 남녀가 각자 신분증을 꺼내 혼인신고를 부탁한다고 말했을 때 담당 공무원은 당혹해하는 얼굴로 우리를 바라보았다. 이내 표정을 가다듬더니 사무적인 말투로 접수가 되었으니 며칠 후 등본으로 확인해보라는 말만 했다. 축하한다고 아니면 잘 살라고 인사 한마디 할 줄 알았다. 누구에게든 축하받고 싶은 마음이 컸나보다.

구청을 나와 K의 차를 타고 바로 집으로 갔다. 인터넷으로 요리법을 찾아 만든 어설픈 갈비찜과 케이크를 먹었다. 그가 준비한 금반지와 유일하게 내 결혼을 알고 있는 친구 의경이가 선물

해준 커플 시계가 예물의 전부였다. 내가 살던 제주 집을 팔고 난 돈으로 혼인신고하기 한 달 전에 괌으로 여행을 다녀온 것이 신혼여행이 됐다.

그를 만나 연애를 시작하며 젊은이들처럼 남친이란 호칭을 썼다. 마흔다섯 먹은 여자가 쓸 말은 아니라며 차마 못 들어주겠다는 이들이 많았다. 외로움에 절어 살았던 오랜 한을 풀듯이 주위 비난에도 불구하고 마구 남친을 남발했다. 혼인신고를 하고 난 후 가까운 지인들에게 슬며시 남편이라고 바꿔 말하기 시작했다. 그 변화를 알아챈 이들 중에 결혼식을 왜 안 했냐고 아쉬워하는 이가 간혹 있었지만, 대부분은 관심도 없었다.

함께 산 지 4년 만에 우리 부부는 지리산 근처에 집을 지었다. 설계를 하고 있을 무렵 신축하는 집에 이름을 짓고 싶었다. 고민 끝에 평소에 서로를 부르는 애칭 앞자리를 따서 이름을 지었다. 용띠 해에 태어났다고 남편의 애칭은 용가리, 두상이 달처럼 동그랗다고 해서 나는 동그리였다. 이들의 앞자리를 따서 '용동헌龍瞳軒'이라 지었다. 그리고 두 마리의 강아지를 입양해서 한 가족을 이루었다. 반려견을 자식처럼 대하는 것에 눈살을 찌푸리는 이들도 있었지만 별로 신경 쓰지 않았다.

서른 살에 첫 결혼의 뼈아픈 실패를 겪으며 세 가지를 마음에 새겨두었다. 첫째는 맘에 드는 상대가 생기면 반드시 사계절을 살아보고 나서 결혼을 결정한다. 둘째는 상대를 내 맘대로 바꾸려들지 않겠다. 마찬가지로 상대도 나를 바꾸려들면 안 된다. 셋째로는 서로 존중하기 위해 존댓말을 쓰기였다. 나는 이 다짐을 마흔여섯에 이뤘다. 그 결과 그와 부부의 인연을 맺고 지금껏 별 탈 없이 즐거운 이야기를 만들며 살고 있다.

만두녀

남편을 만난 지 2개월 만에 우리는 동거를 시작했다. 늦은 나이에 만났으니 결혼을 서두를 필요는 없다고 생각했다. 우선 일 년을 함께 살아보기로 했다. 재택근무하는 그는 주로 오전에 업무를 봤다. 일을 그만두고 시간부자가 된 나는 주로 사놓고 읽지 못한 책을 보았다. 오후에는 골프연습장에 가서 골프를 배웠다. 주말이면 집 근처 산에서 등산을 하며 여유를 즐겼다.

직장도 그만두고 고향 제주를 떠나 자신의 집으로 들어온 나를 위해 그는 넉넉한 생활비를 주었다. 그러면서 한 가지를 부탁했다. 바로 요리였다. 자신이 청소와 빨래, 설거지를 할 테니 음식만은 나보고 만들어달라고 했다. 그는 더 이상은 자신이 만든 맛없는 음식이 먹기 싫다 했다. 오랜 직장생활로 밖에서 주로 식사를 해결하던 내가 제대로 할 줄 아는 음식이라고 해봐야 다섯 손가락에 꼽을 정도였지만, 요리하는 걸 좋아해서 흔쾌히 수락했다. 그는 30분 이상 조리해야 하는 음식은 피곤할 테니 웬만하면 피하라고 했다. 그의 배려가 고마웠다.

모든 음식을 만들어 먹는 건 생각보다 꽤 귀찮고 힘든 일이었다. 가끔은 즉석 음식을 데워 먹었다. 내가 좋아하는 왕만두를 처음 사온 날, 밥에 곁들일 건데 몇 개를 먹겠냐고 그에게 물었다. 그는 개수를 말하지 않고 그냥 알아서 달라고 했다. 나 두 개, 그 두 개, 네 개를 쪘다. 주요리인 불고기 옆에 김이 모락모락 나는 큼지막한 왕만두를 놓았다. 오랜만에 먹는 만두는 맛이 좋았다. 그런데 식사가 끝나가는데도 그는 만두에 눈길조차 주지 않았다. 분명히 먹겠다고 말했는데 이상했다. 이 사람이 만두를 싫어하는데 나를 배려해서 억지로 수락한 건 아닐까 싶기도 했다. 나는 이미 내 몫을 먹고 꽤 배가 불렀는데 음식 남기는 걸 좋아하지 않는 그가 언짢아하지 않도록 한 개를 더 먹어치웠다. 이제 마지막 한 개가 남았다. 다시 그를 보니 표정이 썩 좋지 않은 듯했다. 다 먹지도 못할 걸 왜 이리 많이 쪘냐고 핀잔을 들을 것 같았다. 나는 배가 터질 것 같은데도 마저 먹었다. 정량의 두 배를 먹은 거였다. 아니, 만두를 싫어하면 미리 안 먹겠다고 말하던가, 내 성의를 봐서 한 개 정도는 먹어줄 법도 한데 젓가락도 안 대는 그가 야속했다.

왕만두 네 개를 밥과 함께 먹은 나는 배가 터질 것 같은 고통에 저녁 내내 끙끙 앓았다. 시간이 지나면 소화가 돼서 괜찮아질 줄 알았는데 전혀 나아지지 않았다. 잠자리에 누워서도 배를 부여잡고 있는데 걱정스러운 얼굴로 그가 왜 그러냐고 물었다. 잠시 망설이다 만두를 너무 많이 먹어서 배가 아프다고 고백했다.

"아니, 그러게 왜 혼자 다 먹었어요?"

"당신이 만두에 손도 안 댔잖아요."

잠시 생각을 하는가 싶더니 그가 의문이 풀렸다는 듯이 한숨을 내쉬고는 웃기 시작했다. 그가 말하길 만두를 원래 반찬으로 생각하지 않으며, 식사를 마친 다음 후식으로 먹으려 했다는 것이다. 한마디 말도 없이 내가 다 먹어치우는 걸 보며 어지간히 만두를 좋아하는가보다 싶기도 했지만, 양해는 구할 수 있지 않았나 하는 생각에 어이없어 했다고 말했다. 그런 사람으로 보지 않았는데 이렇게 배려심이 없을 때도 있구나 하고 말이다. 아직 서로를 잘 알지 못해서 생긴 어처구니없는 상황이었다. 그는 더 큰소리로 웃으며 왜 자기에게 말하지도 않고 혼자 배를 부여잡고 끙끙 앓았냐고 물었다.

"그런 얘기를 하기가 조심스러워서…."

그날 이후 나는 '만두녀'라는 별명을 얻었다. 7년을 같이 살면서 이젠 그의 식습관을 완전히 통달했다. 우리의 식습관은 어떤 면에서는 다르고, 어떤 면에서는 비슷하다. 나는 맛있는 것부터 먹는다면 그는 덜 맛있는 것부터 먹는다. 나는 별 계획 없이 먹는다면, 그는 반찬과 밥을 딱 맞춰 깨끗하게 비운다. 붕어빵을 먹을 때 나는 꼬리부터 먹는데 그는 머리부터 먹는다. 그는 단맛을 강하게 내는 음식을 싫어하며 나는 기름진 음식을 싫어한다. 둘 다 우아하게 마시는 블랙커피보다는 믹스커피를 좋아하며 맵고 짠 음식을 싫어하고 조미료 맛이 강하지 않은 음식과 야채를 좋아한다. 함께 살아가는 시간이 쌓이면서 적당히 타협점을 찾아 식단도 변화해갔다.

며칠 전 지인의 SNS에서 직접 빚은 만두 사진을 보자마자 구미가 당기는 바람에 미리 생각해두었던 식사 메뉴를 바꿨다. 그에게 묻지도 않고 나 네 개, 그 네 개, 만두 여덟 개를 구웠다. 바삭하고 노릇하게 잘 구워진 녀석들을 그릇에 내오자 그는 만두녀가 남이 만두 먹는 걸 보았으니 그냥 넘어갈 수 없겠지 하면서 웃었다. 내가 연신 맛있다고 하자, 그가 만두 접시를 자신 앞으로 쓱 가져가며 말했다.

“만두녀가 다 먹어치우기 전에….”

담 넘어온 호박

매일 낮 최고 기온 기록을 갈아치우는 한여름 폭염은 마당을 잡초밭으로 만들었다. 도저히 봐줄 수 없는 상태가 되자 우리 부부는 이른 아침부터 마당의 잡초를 뽑고 잔디를 깎기 시작했다. 앞마당이 얼추 정리가 되자 잡초 숲을 이룬 뒷마당을 어찌할까 생각하며 그곳을 둘러보다 담에 매달린 그것을 보았다. 아직은 익지 않은 초록색 호박이었다. 아랫집에서 심어놓은 것이 담을 타고 올라 우리 집 쪽에 자리를 잡은 것이다. 그야말로 '호박이 넝쿨째' 굴러들어온 셈이었다. 나는 얼른 남편을 불러서 저 호박을 우리가 따서 먹어도 되냐고 물었다. 우리 집에서 열렸으니 당연히 우리 거라며 잘 익으면 따서 호박죽 끓여먹자고 했다. '오호, 그래?' 마치 횡재를 맞은 기분이었다. 나는 호박을 잘 살펴보기 위해서 낫으로 얼른 잡초를 베고 길을 만들었다. 그리고 호박이 노랗게 익을 때까지 수시로 보러 갔다.

9월 중순이 되면서 호박은 노랗게 잘 익어 수확할 때가 되었다. 이때다 싶어 마트에 가서 찹쌀을 사왔다. 초보 살림꾼인 나는 호박죽을 끓여본 적이 없었다. 직접 수확한 호박으로 죽을 끓여 먹는다는 것은 놀랍고 설레는 일이었다. 주차하고 바로 장바구니를 든 채 호박을 따러 뒷마당으로 갔다. '이런!' 어제까지 매달려 있던 호박이 사라진 것이다. 놀라서 후다닥 집으로 들어가 호박이 사라졌다고 말하려는데 식탁 위에 그것이 떡하니 놓여 있었다. 남편 말로는 아랫집 아주머니가 가져다줬다는 것이다. 이것은 잃어버린 것을 다시 찾은 기분, 나는 감사함과 기쁨에 환호성을 질렀다. 늙은 호박이 예뻐 보였다.

저녁을 준비할 시간이 되자 불려놓은 찹쌀의 물을 빼고 호박은 겉을 깨끗이 씻어 도마 위에 올려놓았다. 칼로 반을 가르자 노랗게 잘 익은 과육이 드러났다. 씨가 있는 부분을 도려내려고 숟가락을 가져가는 순간 무언가 이상하다는 느낌이 들었다. 싱크대 위로 길고 하얀 밥알 같은 것이 움직였다. 그러더니 그것들이 팝콘 튀듯 튀어올랐다.

"으악!"

비명과 동시에 그들이 내게로 달려들었다. 기겁한 내게 남편이 달려와 무슨 일이냐고 묻자

"구더기! 구더기가 있다고요!"

라고 소리치며 그것들을 손가락으로 가리켰다. 구더기였다.

거의 실성하다시피 한 나를 보더니 얼른 거실로 나가라고 하고 그는 상황 정리에 들어갔다. 한참 후 그는 입구가 단단히 묶인 커다란 검은 비닐봉지를 들고 나왔다. 나는 당장 밖으로 내다버리라고 소리를 질렀다.

쿵광쿵광 놀란 가슴을 진정시키는 데는 꽤 시간이 걸렸다. 충격에서 헤어나오지 못하는 나를 보며 남편은 얼른 마트 가서 즐겨 먹던 단호박을 사올 테니 어서 잊으라고 했다. 저녁은 그가 사온 호박으로 죽을 끓여 먹었다. 단단히 놀라 호박죽을 먹을 수 있을까 했지만 다행히 식욕은 살아 있었다. 설거지를 마치고 쉬고 있는데 그가 휴대폰을 보여주며 오늘 우리가 본 구더기에 대해서 설명을 해주었다.

범인은 '호박 과실파리'라는 해충이었다. 여기저기 농가에서 피해를 입었다는 뉴스가 있었다. 파리라고 이름이 붙었지만 생긴 모습을 보니 벌과 비슷했다. 일반적 더러운 이미지를 주는 파리와는 다르다는 것을 확인하니 마음이 조금은 풀렸다. 녀석들도 어지간히 호박이 좋긴 했나보다.

그날 밤 제대로 잠을 이룰 수가 없었다. 하염없이 눈도장을 찍었던 그 호박을 먹기 위해 기다리던 시간이 길었기에 거기서 오는 실망감도 컸지만, 구더기의 습격으로 인한 충격이 쉬 가시지 않았다.

이 사건을 꽤 오랫동안 잊고 있다 며칠 전 대학 선배와 통화 중에 생각나서 이야기를 들려주었다. 한참 웃으며 듣던 그녀가 왜 그렇게 벌레를 무서워하냐고 물었다. 징그럽고 더럽지 않냐고 말했더니

"어차피 사람이 죽으면 벌레랑 같이 지내야 하는데 미리 좀 친해지면 안 돼? 너 죽음이 두렵구나."

라고 하는 것이었다. 억지소리 같지만 일리가 없는 건 아니었다. 전화를 끊고 나서 내가 왜 벌레를 싫어하게 되었는지 시작을 떠올려봤다. 어렸을 때 몸이 약해 벌레에 물리면 피부에 큰 종기가 생겨 병원에 가서 치료받아야 했다. 그런 이유로 벌레라면 작은 개미조차 무서워하는 나였다. 더욱이 시체나 변소를 떠올리게 하는 구더기는 온갖 감염의 근원이라, 상상만으로도 소름끼쳤다. 어떤 면에서는 벌레는 죽음을 의미했고 선배 말대로 내겐 죽음이 몹시 두려운 것이었다. 단순한 호박 벌레 소동이 죽음의 두려움과 맞닿아 있다니 참으로 삶이 어렵다.

철학자 최진석 교수는 아침에 일어나면 조용히 앉아

"나는 금방 죽는다."

라고 서너 번 중얼거린다고 한다. 그러면 적어도 그날 하루는 덜 쩨쩨해질 수 있다면서. 그렇다. 어차피 한번 죽을 거, 벌레 따위에 쫄지 말고 씩씩하게 살다 가자.

이산화탄소가 문제야

남편과 만나서 산 지 4년이 되는 해였다. 둘 다 사회생활을 오래해서인지 아직까진 신혼이라 그런지 부부싸움이라고 해봐야 일 년에 한번 정도 했나 싶다. 하지만 그조차도 사소한 일이라 금세 풀어져서 지나서 생각해보니 싸움이라고 말하기도 그렇다.

이번 싸움은 전혀 예상치 못한 일에서 일어났다. 최근 몇 년간 더욱 심해진 미세먼지로 창문을 열고 집안을 환기하기가 쉽지 않았다. 아파트 자체 공기정화시설을 작동하긴 했지만, 썩 미덥지 않아 성능 좋다는 공기청정기를 새로 샀다. 남편은 약한 체질상 환경 영향을 많이 받았고 제주도가 고향인 나는 결혼 전까지 공기 좋은 곳에 살다가 남편 만나 서울에서 살면서 답답함이 쌓여갔다. 환기 문제로 부부간에 가끔 의견충돌이 생겼다.

기상청에서 발표한 미세먼지 기준에 '보통'만 되면 창문을 열고 지내려는 내 입장과 한국 기상청은 사실보다 수치를 낮춘다며 웬

만하면 창문을 열지 않고 환기시설과 공기청정기만 돌리려는 남편 입장의 충돌이었다. 건강을 이유로 드는데 할 수 없었다. 결국 여름이 오기 전까지 창문을 열어본 적이 거의 없었다. 가끔 답답해 미칠 때면 내 방에서 남편 몰래 창문을 열어 혼자 바깥 공기를 마시는 걸로 해결했다.

그런데 여름이 지날 무렵 남편 몸에서 이상한 증상이 나타났다. 몸에 열이 나서 잠을 편히 못 잤다. 동네 병원에 가서 검사를 받으니 장염 증세 같다고 했으나 약을 먹어도 낫지 않았다. 남편은 뭔가 이상하다고 종합병원에 가서 정밀검진을 받았다. 결과는 전혀 예상치 못한 남성호르몬 부족이었다. 호르몬 주사를 맞고 상황은 좀 진정이 되었는데 이때부터 남편은 더욱 실내 환경에 민감해졌다. 하루는 남편이 집안 청소를 구석구석 다하고 창틀의 먼지까지 싹 닦았다. 그런데 필터를 청소하겠다며 공기청정기의 뚜껑을 연 남편이 작은 탄식을 내뱉더니 허탈하게 웃기 시작했다. 그의 손에는 비닐에 곱게 싸인 공기청정기 필터가 들려 있었다. 비닐을 뜯지도 않은 채 매일 공기청정기는 돌아갔고 거의 8개월 동안 우리는 미세먼지를 집안에 가둬두고 실컷 마신 셈이었다. 확실치는 않지만 남편의 건강에 나쁜 실내 공기질이 영향을 준 듯했다.

다행히 가을에는 서울의 대기질이 좋아서 종종 집안 모든 창을 열고 환기를 시킬 수 있었다. 제주도 공기만큼은 못해도 꽤 상쾌

했다. 남편의 건강도 회복되었다. 그러나 겨울이 되고 추위와 중국에서 날아온 미세먼지로 집안 창문은 다시 굳게 닫혔다. 아파트 공기정화시설과, 공기청정기 두 대는 거실과 방에서 열심히 돌아갔다. 그가 새로 구입한 실내공기질 측정기도 제 역할을 잘 하고 있었다. 문제는 이듬해 1월에 발생했다. 실내 미세먼지 농도는 적정 수준을 유지하는데 이산화탄소 측정치가 기준치보다 높았다. 주로 거실에서 생활하는 나로서는 이산화탄소 수치가 높다고 붉은 빛이 깜빡깜빡 경고를 울리는 것이 보여서 여간 신경 쓰이는 게 아니었다. 남편 몰래 창문을 열고 환기를 시키면 그때만 수치가 조금 내려갔다가 문을 닫으면 금방 다시 제자리로 돌아왔다. 수치를 볼 때마다 스트레스 받는다고 측정기를 안 보이는 데로 치우자고 말했다. 그는 정색하며 반대했다. 수치를 알아야 대비를 하며 살 수 있다며 참으라고 했다. 더 얘기해봐야 소용없다는 것을 알았다. 하지만 숨이 막히는 기분도 들고 걱정도 돼서 인터넷으로 실내공기에 대한 정보를 찾다가 '공기정화식물'을 발견했다.

'그래, 식물을 키우면 되겠네.'

삭막한 실내에 분위기도 좋겠고 공기도 좋아질 거라고 생각하니 신이 났다. 여행으로 일 년에 한두 달은 집을 비웠기에 이제껏 집에서 식물을 키우지 못하고 있었다. 당분간은 여행 계획이 없기에 별 문제가 없었다. 인터넷에서 잽싸게 검색하고 테이블 위에 놓을 만한 크기의 식물 화분 세 개를 주문했다. 벌써 상쾌한 기분이 들었다. 저녁을 먹으며 남편에게 자랑하듯 공기정화식물을 주문했다고 말했다.

"뭐라고요? 화분을 샀다고요? 왜 소용없는 일을 합니까. 당장 취소하세요."

남편은 얼굴을 붉히며 화를 냈다. 나에게 화를 내는 걸 본 적이 없어서 무척 당황스러웠다. 나는 이산화탄소 수치를 낮춰주는 식물의 효용성을 말하며 절대 취소 못한다고 대꾸했다.

"왜 쓸데없는 짓을 합니까? 식물 화분 세 개가 산소를 얼마나 만들겠어요. 제가 그런 것 다 고려해서 환기장치와 공기청정기를 계속 돌리는 거예요. 그리고 왜 자꾸 집안에 살림을 늘리려 합니까? 우리 짐을 줄이면서 살기로 하지 않았나요?"

화분 얘기를 하다 왜 살림 얘기가 나오지? 그 순간 욱하니 올라오는 게 있었지만 싸움으로 번질까봐 마음을 진정시키고 다시 말했다.

"그래요. 공기질에 화분 세 개가 얼마나 보탬이 되겠어요. 그렇지만 한겨울에 밖을 내다봐도 나뭇잎은 다 떨어져 삭막하고 기분은 우울해지는데, 실내에서라도 초록색 식물을 보면 정서도 안정되면서 제 정신건강이 좋아지지 않겠어요?"

이쯤 되면 그가 나의 마음을 헤아리고 그러라고 할 것 같은데 그는 또 한 방을 날렸다.

"우리 올가을에 시골로 집 짓고 이사 가잖아요. 그곳에 가면 사방이 나무와 풀들인데 왜 소용도 없고 짐만 되는 것을 사려고 합니까. 안 됩니다."

그는 자신의 의사를 절대 굽히지 않았다. 더 말하다가는 내 안에 무언가가 터질 것 같아 구매 취소하겠다고 말하고 방으로 들어가며 문을 세게 닫았다.

남편은 근검절약하는 집안에서 자랐다. 결혼해서 보니 삼십 년 전 대학생 때 구입한 책상을 여태 쓰고 있었다. 살림도 단출했다. 반면 새로운 물건이 생기면 일단 사고 보는 부모님의 영향을 받아 물건을 살 때 다른 이들에 비해 쉽게 사는 경향이 있긴 했다. 하지만 부모님이 돌아가시고 혼자 살면서 씀씀이가 많이 줄었고 또래 여성들보다 외모 치장에 거의 돈을 쓰지 않았다. 책은 좀 많긴 했다. 그래 봐야 얼마나 되겠는가. 구매 취소를 하려고 화면을 보니 다시 화가 치밀어올랐다. 이 정도도 내 맘대로 못하면 이게 사는 건가 싶었다. 양보하면 안 되겠다는 생각이 들어 잠자리에 들기 전에 내가 사고 싶은 걸 말리지 말아달라고 성질을 꾹꾹 눌러가며 부탁했다. 하지만 남편은 절대 말도 안 되는 일이라고 하며 눈을 감아버렸다. 잠이 확 달아났다. 머릿속엔 그간 서운했지만 내가 참고 넘어갔던 일들이 다 소환되어 난리가 났다. 급기야 내 맘대로 살았던 싱글 생활로 돌아갈까 하는 생각에 다다랐다.

'화분 세 개로 이러는 건 아니지.'

최근 열심히 들었던 심리방송의 도움이었을까. 나는 가까스로 정신을 차렸고 숨을 크게 들이쉰 후 화를 진정시키며 잠을 청했다.

이튿날 아침 형식적인 인사만 한 후 그가 차려놓은 아침 식사를 들고 방으로 들어가버렸다. 여전히 화가 안 풀린 것이다. 집안에 냉기가 흘렀다. 대충 식사를 마치고 부엌에 식기를 갖다놓고 다시 방으로 들어가는데 빨간 불이 번쩍거리던 공기측정기가 보이지 않았다. 그가 어딘가로 치워버린 것 같았다. 살짝 마음이 풀리는가 했지만 서운함이 아직 남아서 못 본 체 돌아서서 방으로 들어갔다. 문을 닫고 영화를 보기 시작했다. 화가 나거나 마음이 복잡할 때 푸는 나만의 방식이었다. 삼십여 분 지났을 때 남편이 방문을 노크하고 들어왔다. 멋쩍은 미소를 띠며 내 옆에 오더니, 손을 잡고 일으켜 세우고선 자신의 방으로 데리고 갔다. 커다란 모니터 화면을 가리키며

"화분 세 개로 간에 기별이 가겠소. 이왕 살 거면 한 열 개는 삽시다."

라며 말하며 웃었다. 화면에는 반짝반짝 빛나는 은색 사각 화분에 심어진 식물들이 쇼핑몰 장바구니에 담겨 있었다. 웃음이 나왔다. 고맙다고 말하며 남편을 살짝 안았다. 눈가가 촉촉해졌다. 정말 고마웠다. 간밤에 서운했던 마음은 온데간데없이 사라

지고 없었다.

이른 봄 햇살이 가득 들어오는 거실 창문 앞에 놓인 나비란, 아레카야자, 커피나무, 산호수, 금전수, 천냥금, 호야, 산세베리아, 선인장들이 하루가 다르게 새싹을 돋우고 있다. 볼 때마다 행복이 밀려든다. 남편은 실내공기측정기를 또 하나 샀다. 알고 보니 지난 번 구입한 측정기가 불량이라 이산화탄소 수치를 실제보다 높게 표시했던 것이다. 그 이후로 내가 창문 여는 횟수는 전보다 줄였고 남편은 전보다는 더 자주 환기를 했다.

생존배낭

2017년 7월에 북한이 시험 발사한 대륙간탄도 미사일과 이어서 9월 3일에 저지른 6차 핵실험은 당장이라도 전쟁이 일어나는 것은 아닌가 하는 공포를 불러일으켰다. 게다가 아파트 맨 꼭대기 27층에 살고 있던 나는 온종일 상공에 날아다니는 정찰기 소리로 인해 극도로 예민해 있었다. 종종 소리가 나는 곳을 올려다보며 얼굴을 찌푸렸고, 그 시선은 신도시 아파트 숲을 지나 멀리 남한산 근처 성남비행장이 있을 거라 짐작되는 장소에 머물렀다. 만약 전쟁이 나서 북한이 주요 군사시설을 공격한다면 저곳도 표적이 될 것만 같았다.

비행장을 중심으로 원을 그려 핵폭탄의 위력을 가늠해보니, 내가 사는 하남시는 핵이 터지는 순간 바로 건물이 사라져버리지는 않지만, 1차 방사능과 낙진 피해 지역에 해당했다. 섬뜩한 기분이 들면서 머릿속엔 비상벨이 울리기 시작했다. 다급해진 마음에 관리사무소로 연락해서 우리 아파트에는 대피소가 어디에 있냐고 물었다. 당황한 듯 머뭇거리며 직원이 말하길 대피소가 없다는 것이다. 만약 재난이 발생하면 어디로 피해야 하냐고 물었더니 옥상이나 건물 밖으로 나와야 한다는 것이었다. 한숨이 나왔다. 이번에는 주민센터에 연락해보았다. 주민센터에서는 아파트 맞은편에 있는 주공아파트에 대피소가 있다고 알려줬다. 통화가 끝난 후 대충 외출복으로 갈아입고 남편과 함께 직접 대피소를 찾아가보았다.

이웃 아파트에는 아무런 대피소 표지를 찾아볼 수 없었다. 혹시나 싶어 지하 1층과 2층 주차장을 샅샅이 살펴보았다. 대피할 만한 곳이나 비상시 필요한 물품을 보관하는 곳이 전혀 보이지 않았다. 우리가 잘못 알고 온 것이 아닌가 싶어 관리사무소에 가서 문의해보았다. 관리인 말로는 이곳 지하주차장이 대피소이고 따로 준비한 비상물품은 없다는 것이었다. 주차장 입구 벽 하단에 아까는 미처 못 본 대피소 표지판이 보이기는 했다. 기대에 훨씬 못미친 상황에 나도 놀랐지만, 남편도 꽤 허탈해했다.

이럴 수가. 아파트 지하 주차장이 대피소라니! 핵폭탄이 터지면 지하 15m, 즉 지하 5층에 어느 정도 밀폐된 대피소가 있어야 한다는데 입구가 훤히 뚫려 있는 지하 1층 주차장이 공식적인 대피소라니 기가 막혀 말이 안 나왔다. 동네마다 형식적으로 대피소라는 공간을 지정해놓기만 하고 기껏해야 재난이 발생했을 때

긴급문자 한번 보내주면 끝인가? 정부가 준비해놓았다는 재난대비 시스템에 분노가 치밀어올랐다.

국가가 나의 안전을 보장해주지 못한다면 스스로 살 길을 챙길 수밖에 없다는 생각이 들었다. 컴퓨터 앞에 앉아 폭풍 검색에 들어갔다. 그때 눈길을 끈 것은 생존배낭이었다. 벌써 준비했다는 사람들의 이야기가 가득했다. 방송인 강유미의 생존배낭 소개 동영상이 인기를 끌고 있었고 쇼핑몰엔 생존배낭에 들어갈 필수 품목이 넘쳐나고 있었다. 더 생각할 것도 없이 나도 그 대열에 합류했다. 당장이라도 전쟁이 날 것처럼 흥분해서 물건을 주문하고 생존배낭을 꾸리는 나를 보며 남편은 괜한 짓 한다는 표정을 지으며 바라보았다.

일단 생존배낭을 꾸리고 현관 앞에 놓아두자 전쟁 공포로 흥분했던 마음에 다소 여유가 찾아왔다. 친구들이 점심을 먹자는 말에 기분전환도 할 겸 모처럼 외출을 했다. 서로의 안부를 주고받다가 최근 일어난 북한 핵실험으로 이야기는 이어졌다. 다들 뉴스를 접해서 불안한 마음을 갖고 있었지만, 나처럼 생존배낭을 싸놓은 친구는 없었다. 나는 우리 동네 대피소에 가보고 받았던 충격이 다시금 떠오르면서 울컥한 마음에 분노를 감추지 못하고 생존배낭 준비과정을 줄줄이 쏟아냈다. 덧붙여 비상시 쓸 현금 일부를 외화로 환전하고 남편에게 해외 주식을 사둘 것을 당부했다고 말했다. 여기까지 말하자 친구들 표정이 다소 어두워졌다.

친구 S의 남편은 전쟁날 확률은 아주 낮지만, 혹시라도 일이 터져 가족들 사이에 연락이 두절되면 '부산역 시계탑'에서 만나자 말했다고 한다. 전쟁 위험에 대해 전혀 생각을 안 해봤다는 Y도 걱정이 됐는지 고려해봐야겠다며 잠시 눈을 감았다.

식사를 마치고 집으로 돌아오는 길에 전쟁 이야기로 표정이 어두워졌던 친구들 얼굴이 눈앞에 어른거렸다. 나 혼자 유난떨었던 것이 부끄러웠고 그런 말을 할 수밖에 없는 지금의 현실이 슬펐다. 실제로 전쟁이 나면 생존배낭 챙길 틈도 없이 죽을 수도 있는 것이고, 만약 그 난리 속에 나 혼자 살아남았다고 해도 그 이후엔 어떻게 버틸 것인가. 집도 가족도 친구도 다 잃고 나면 살아도 무슨 소용 있는가. 그렇게 다독여 보았지만, 수시로 찾아드는 지독한 불안감 때문에 마음의 안정을 찾을 수 있는 무언가가 필요했다. 북한의 전쟁 도발 가능성에 대한 뉴스가 포털사이트를 도배하자 내 머릿속엔 전쟁이 터졌을 때 벌어질 상황이 반복적으로 전개되면서 불안은 최고조에 달했다.

> **가상 상황 1 :** 전시 사이렌이 울리면 우리 부부는 현관에 있는 배낭과 챙겨놓은 귀중품 가방을 들고 27층에서 계단으로 지하주차장까지 뛰어내려간다. 차를 타고 아파트를 빠져나와 고속도로 진입로까지 무사히 도착한다. 하지만 중부고속도로 요금소 앞에서 도시를 탈출하려는 수많은 차에 끼어 앞으로 조금도

나아가지 못한다.

가상 상황 2 : 미처 생존배낭을 챙기기도 전에 폭탄을 맞고 아파트가 붕괴하면서 내 몸뚱이가 27층에서 건물 잔해와 함께 추락한다.

두 가지 상황 말고도 여러 장면이 떠오르면서 두려움은 극에 달했고 마치 현실처럼 얼굴이 확확 달아올랐다. 전쟁 공포로 잠 못 드는 날들이 이어지자 이곳을 벗어나야 한다는 엄청난 욕구에 시달려야 했다.

도대체 나의 지독한 불안감은 어디서 생겨나는 것일까? 남편도 늘 전쟁이 날 확률이 낮다고 말했었고, 친한 지인 중에서도 전쟁에 대비해서 생존배낭을 준비했다는 이도 없었다. 대다수는 냉정하게 사태를 지켜보고 있는데 나 혼자 유별나게 불안에 떨고 있는 이 상황을 가만 보고 있을 수 없었다. 직접 전쟁을 겪어본 적도 없고 뉴스나 영화로 접한 것만으로도 이렇게 공포를 느끼는 것은 왜일까? 생존에 대한 욕구가 남들보다 더 강해서 그런가?

2014년 마흔다섯 늦은 나이에 결혼하고 경기도로 이사 오기 전까지 고향 제주도에 살았다. 제주도는 한반도 최남단 섬이라는 위치 덕분에 한반도에 전쟁이 나도 비교적 안전할 것이라는 생각이 지배적이었다. 걱정할 재난이라 해봐야 여름에 찾아오는 강력한 태풍이 있지만 잘 대비만 해놓으면 인명피해로 이어지는 일은 없었다. 게다가 지은 지 15년이 넘는 4층짜리 다세대주택에 살고 있던 나는, 고층 아파트에 사는 것도 아니고 지켜야 할 귀중품이 있는 것도 아닌 데다, 혼자 살고 있어 챙겨야 할 가족도 없었다.

어쩌면 전쟁의 공포로 인한 두려움과 불안은 남편을 만나 가족이 생기고, 우리의 보금자리인 고층 아파트의 삶이 시작되면서 생긴 건 아닐까 싶었다. 가진 것과 지켜야 할 것이 많아지니 상대적으로 불안이 커졌을 수도 있다. 거기다 서울 근교에 있는 집은 38선에서 충분히 멀다고 할 수 없었다. 이런 게 내 불안의 원인이라면 가진 것을 다 버리고 과거로 돌아가면 해결될 것이다. 그러나 이건 말도 안 되는 일이었다. 전쟁 이슈가 생기기 전까지만 해도 늦은 신혼을 즐기며 꽤 행복한 날들을 이어가고 있었다.

괴로움에 몸부림치던 나는 결국 참지 못하고 남편에게 아무 곳이나 좋으니 서울, 경기 지역을 벗어나자고 했다. 전쟁도 무섭고 이 도시, 고층 아파트가 싫다고 제발 창밖에 나무가 보이는 곳에서 살게 해달라고 징징대며 졸랐다. 어차피 귀촌하기로 한 계획을 좀 일찍 가면 안 되겠냐고 사정했다. 2년 전 우리가 아파트로 입주하면서 세운 계획으론 귀촌할 시기를 십 년 후로 보고 있었다. 적어도 8년은 이곳에서 더 살아야만 했다.

처음에는 말도 안 되는 소리라고 정색을 하더니 내 상태가 별로 나아질 기색이 안 보이자, 남편은 전원주택지를 알아보기 시작했다. 그도 아파트보다 주택을 선호하는 사람이었고 건강상 공기가 좋은 남쪽 지방에서 사는 것을 바랐었다. 다행히 재택근무를 하는 남편이라 인터넷만 된다면 이사해도 큰 문제는 없었다.

전원 주택지를 보기 시작하고 몇 주 지나지 않아 운 좋게도 경상남도 산청에 평소 이상적이라 생각했던 조건을 갖춘 땅을 찾았다. 산 중턱에 조성된 전원주택지인데 시내와 접근성도 좋았고, 수도, 전기, 통신 시설이 다 들어와 있었다. 결심이 서자 바로 땅을 사고 건축사무소에 설계를 의뢰해서 1년 만에 집을 완공했다. 모든 것이 순식간에 진행됐다.

사람 일이라는 게 한 치 앞을 예측 못 한다는 것이 딱 나의 경우였다.

참 신기한 일이다. 이곳 산청에 이사온 이후 안전에 대한 불안이 사라지니 잠자리에 들면 바로 잠으로 떨어지고 아침이면 개운하게 눈을 뜬다. 어떻게 이런 꿈같은 일이 벌어졌을까? 말도 안 되지만 핵 도발을 한 저 북한에 고마워해야 하나?

에세이 작가인 알랭 드 보통은 그의 책 『불안』에서 “불안 때문에 잠 못 이루며 성공을 거둔 불면증 환자들이 오래 전부터 강조해왔듯이 생존에 가장 적합한 사람은 불안에 떠는 사람일 수도 있다. 불안 덕분에 안전을 도모하기도 하고 능력을 계발하기도 한다는 점에서 그 가치를 인정할 수도 있다”라고 썼다. 수많은 불면의 밤이 나로 하여금 안전한 남촌에서 멋진 집을 짓고 살 수 있게 만든 셈이다.

2018년 4·27 남북정상회담 이후로 남북 관계가 급속히 개선되면서 그 어느 때보다 평화로운 분위기가 느껴지는 요즈음이다. 아무리 그래도 서울보다는 공기 좋고 물 좋고 토양 좋은 이곳, 산청이 나는 좋다. 그러고 보니 지난 불면의 시절 나의 불안과 짜증, 징징거림을 참고 받아준 남편에게 무한한 고마움이 솟는다. 지금은 집안 어디에 쳐박혀 있는지 모르는 생존배낭에게도.

I ♡ FAKER

2017년 여름이 끝나갈 무렵이었다. 남편은 종종 TV에서 격투기나 바둑 채널을 틀어놓고 휴식시간을 보냈다. 가끔은 게임 채널에서 스타크래프트 경기를 보기도 했다. 한번은 귀여운 캐릭터가 나오는 낯선 게임을 보기에 무어냐고 물었더니 '롤'이라며, 친구의 아들이 이 게임 프로 지망생이라고 했다. 그 말에 호기심이 생긴 나는 그의 곁에 앉았다. 두 팀이 전장에서 대결하여 상대방의 넥서스를 깨는 걸 목표로 하는 게임이었다. 룰도 모르고 챔피언이라고 불리는 캐릭터도 모르니 도통 게임의 재미를 알 수 없었다. 그러나 몇 번 보다보니 자주 등장하는 캐릭터들이 익숙해지기 시작했다. 빈 종이 한 장 꺼내놓고 챔피언 이름과 모양을 그려놓고 게임 용어도 출력해놓고 보니 이게 꽤 재밌었다.

리그오브레전드 줄여서 롤LOL이라고 부르는 게임은 국내 온라

인게임 순위 1등을 하고 있는 아주 유명한 게임이었다. 전 세계에서 지역별로 리그가 결성되어 있었고 1년에 한번은 롤드컵, 즉 월드챔피언십이 열리는데 시청자가 1억 명을 돌파하기도 했다고 한다. 역시 게임 강국답게 한국이 1등을 독식하고 있었다. 그 중에서 SKT T1팀이 가장 많은 우승을 했고 그 중심엔 페이커FAKER라는 선수가 있었다. 전설로 불리는 그를 보고 반하지 않을 수 없었다. 곧바로 팬이 되었다.

평소에 드라마도 보지 않고 티브이는 식사할 때나 잠깐씩 켜서 다큐멘터리나 여행 프로그램 정도 보는 나였지만, 페이커의 경기가 있는 날이면 네댓 시간은 티브이 앞에 앉아 꼼짝하지 않았다. 경기 전엔 수시로 관련 뉴스를 검색하고 팬들의 칭송이 달린 댓글을 꼼꼼히 읽으며 열성팬으로서 자세를 잃지 않았다. 게임을 잘 이해하기 위해서는 직접 게임을 이용해봐야 한다는 생각에 컴퓨터 사양을 바꾸고 온갖 좋은 말로 남편을 구슬려 게임에 같이 참가하도록 했다. 저녁마다 우리 부부는 두 시간씩 온라인 게임에서 만나 전투를 벌였다. 지기 싫어하는 나의 지독한 성질은 같이 사는 남자라고 해서 봐주는 것이 없었다. 무조건 이기기 위해 각종 게임 아이템을 샀고 몰래 낮에도 틈나는 대로 게임을 했더니 결국 목 디스크가 재발했다. 심한 통증으로 목을 전혀 움직이지 못하자 급히 병원에 가서 MRI를 촬영하고 진통제 주사를 맞았다. 다행히 상태가 아주 심각하지는 않아서 수술은 안 해도 된다고 했지만, 눈물을 머금고 비싼 MRI 촬영비를 치러야 했다. 집에 돌아오자 남편은 컴퓨터 사용금지라는 특단의 조치를 내렸고 나는 백기를 들었다.

이후 잠시의 휴지기가 있었지만, 롤 게임 리그가 시작되면 만사를 제치고 경기를 지켜봤다. 경기가 과열될 땐 너무 몰입해서 보느라 긴장은 최고조에 달했다. 얼굴이 벌게져서 화면에서 눈을 못 떼고 있을 때면 남편이 숨 좀 쉬면서 보라고 나를 툭툭 치곤했다. 솔직히 그의 말은 귀에 들어오지 않았다. 그가 어이없어하며 목숨 걸고 경기를 보지 말고 그냥 즐기라고 핀잔을 줬다. 어떻게 즐기면서 경기를 볼 수 있나. 전투는 무조건 승리 아니면 패배인데라고 속으로 생각했다. 나의 지독한 승부욕이 가만있지 않았다. 그렇게 숨도 잘 안 쉬며 보던 경기가 다행히 승리하면 세상 행복한 사람이 되는데, 패배하는 날엔 속상함에 두통과 위염이 재발해서 약을 찾아먹고 나서야 안정이 됐다.

온갖 통증을 참아가면서까지 도대체 페이커에 열광하는 이유가 뭘까? 최근 수필 공부에 푹 빠져서 글을 잘 써보자는 욕망이 가득한 이 시점에 위대한 수필 작가인 루소나 루쉰, 그리고 법정스님 같은 분에 열광하면 글의 실력도 늘고 인생의 지혜도 얻고 더 좋을 텐데 말이다. 게임이 있는 날이면 하루에 대여섯 시간 티브이 앞에 앉아서 말초적인 자극에 일희일비할까?

치열한 경쟁을 통한 승리의 쟁취는 스포츠의 핵심 요소이다. e

스포츠도 별반 다르지 않다. 스포츠에 열중하는 데에 문제가 없다면 당연히 e스포츠도 괜찮지 않은가. 문득 한 지인이 떠올랐다. 몇 년 전 〈태양의 후예〉라는 드라마에 푹 빠진 그녀(삼십대 후반)가 급기야 송중기 팬카페에 가입하고 그를 만나기 위해 제주도에서 서울로의 여행을 여차하면 다녀오는가 하면, 관련한 굿즈를 꽤 많이 샀다는 얘기를 듣고 어이없어했던 나였다. 그때 이 친구가 무슨 결핍이 있어 이러나 하는 의심이 들었다. 사돈 남 말한 셈이었다. 오랜 소원이었던 멋진 전원주택을 지었고 남편은 꼬박꼬박 생활비와 용돈을 주고 있는데다 수필 모임에 가입해서 그렇게 소망하던 글쓰기도 배우고 있다. 건강도 별 이상이 없고 큰 근심거리도 없다. 이 정도면 거의 완벽한 일상일 것이다. 그런데 무슨 결핍이 있단 말인가.

5년 전 10년간 다니던 직장을 그만두고 전업주부로 인생을 전환했을 때, 일하면서 받았던 극심한 스트레스는 다 사라지고 삶은 더없이 편안해질 거라 생각했다. 하지만 일터에서 받은 칭찬들, 능력자라 불리었을 때의 짜릿함, 주변인들에게서 쏟아졌던 나에 대한 인정이 그리워졌다. 밤을 새우며 일하고 얻은 성취. 자화자찬에 빠져 지인들과 흥에 겨워 큰소리로 떠들며 술자리를 가졌던 장면이 종종 떠올랐다.

요사이 나의 일과를 보면 틈틈이 책을 읽거나 마당 일 잠깐 하고, 음식을 만들고 반려견을 산책시키는 일 등이다. 타인에게 인정반을 일이라면 한 달에 한번 수필 작품을 써서 합평을 받는 일이 전부인 셈이다. 초보 습작가의 글에 대한 평가는 뻔하지 않은가. 간혹 응원의 뜻으로 칭찬도 듣지만, 지난 달 합평에서처럼 글이 재미없다는 소리를 들으면 의욕은 한없이 추락했다. 아직은 초보이니 욕심을 내지 말자고 다짐해도 한 달에 한 편도 겨우 쓰는 주제에 실력이 빨리 좋아지길 바라니 가슴이 답답해졌다. 나름 머리를 쥐어짜서 쓴 초고를 읽다보면 여전히 비문이 많고 주제는 어디로 사라져버렸는지 내용은 산만하고 재미도 없었다. 겨우 자신을 달래 퇴고를 해보지만 크게 나아지지 않았다. 그렇다고 취업해서 스트레스를 받으며 다시 일하고 싶지도 않지만, 이 나이에 다시 나를 써줄 회사도 없을 것이다.

이렇다보니 자존감은 한없이 떨어졌고 남편이라도 나를 볼 때마다 칭찬해주지 않는 이상, 이 고요한 시골에서 나는 인정에 굶주린 하이에나가 되는 것이었다. 온종일 나를 졸졸 따라다니며 놀아달라는 뽀송이가 제 주인이 최고라고 말해줄 리도 없고 이런 내 기분은 아랑곳없이 먹을 거나 내놓으라고 짖을 때면. '어휴. 이 녀석을 그냥!'

이러한 연유로 전 세계 팬들로부터 인정받는 프로게이머에게 나를 이입하여 결핍을 보충하는지도 모르겠다. 한마디로 대리만족. 남편 말대로 세계 최고의 자리에서 느끼는 만족감을 내게 나눠주는 페이커는 나의 아바타인가?

일본의 그림책 작가인 사노 요코의 에세이집 『사는 게 뭐라고』를 읽다보면, 예순여섯의 작가는 항암치료 기간에 배용준의 〈겨울 연가〉 드라마에 푹 빠져 밤새도록 보다가 턱이 틀어지고 엄청난 양의 한류드라마 DVD를 사모으느라 많은 돈을 쓴다. 브라운관 속 주인공들의 대사가 새빨간 거짓말인 줄 알지만, 그로 인해 행복감을 느꼈기 때문에 속아도 남는 장사라고 하면서 말이다. 나 또한 페이커에게 푹 빠져서 컴퓨터도 바꾸고 엄청난 시간도 썼다. 그렇지만 그가 준 짜릿한 기쁨은 나에게 많은 에너지를 주기에, 그건 남는 장사가 아니었나 싶다.

페이커에 대한 나의 사랑은 결국엔 시한부다. 그가 언제까지나 세계 최고 자리를 지킬 수는 없을 뿐더러 게이머의 특성상 이십대 후반이면 은퇴해야 하기에 그의 경기를 볼 수 있는 시간도 얼마 남지 않았다.

나이가 한참 들어 프로게이머에게 빠져 있던 지금의 시간을 돌이켜보며 한심하다고 생각할까? 그런데도 글이 안 써지거나 내 안의 승부욕이 꿈틀거리고 가끔 인정받고 싶은 욕구가 발동되면, 페이커의 명경기와 다큐멘터리를 찾아보고 쇼핑몰에 들어가 귀여운 피규어 결제 창을 열었다 닫았다 할 것이며, 그의 새로운 기사가 떴나 검색을 하면서 행복해할 것이다. FAKER FOREVER!

정원 일이 즐거울까?

“내 장담컨대 환자 분은 앞으로 3년 안에 다시 도시로 이사가게 될 것입니다.”

정형외과 의사 선생은 마치 예언자처럼 말했다. 매일 정원 일을 하다가 어깨가 견딜 수 없이 아파서 찾아간 병원이었다. 어깨와 목, 허리를 촬영한 엑스레이를 보더니, 오랜 직장생활로 목과 허리에 이미 디스크가 있는 데다 무리하게 몸을 쓰니 어깨에 염증이 생겼다고 했다. 약 먹고 며칠 물리치료를 받고 절대로 휴식하지 않으면 만성이 될 수도 있다며 엄포를 놓았다. 아니 마당에 심어놓은 잔디와 화초들을 다 덮어버릴 기세로 덤벼드는 잡초를 보며 손놓고 있으라니. 지저분한 상태를 가만두지 못하는 내 성질상 무척 견디기 힘든 일이었다. 어깨가 아파서 팔도 들지 못하는데 마음이 시끄럽다.

아름다운 정원수와 푸른 잔디밭, 그 위를 마음껏 뛰어다니는 강아지들, 한가로이 나무 그늘에 앉아서 책을 읽는 모습을 떠올리며 택한 전원생활이었는데 현실은 만만치가 않았다. 정원 일이 노동이라는 것을 대략은 짐작했음에도 도시 출신 우리 부부는 이왕이면 마당이 넓으면 더 좋겠다 싶어 경상남도 지리산 자락에 꽤 넓은 땅을 샀다. 서울과는 비교도 안 되는 싼값의 땅이었기에 가능했다. 집을 짓고 12월에 이사 와서 남편에게 봄부터는 날마다 신선한 채소를 배 터지도록 먹게 해준다고 큰소리쳤다.

입춘이 지나자 시골 오일장에 가서 정원수와 화초, 텃밭에 심을 채소 씨앗을 사고 백지와도 같은 마당에 심을 때까지는 여전히 아름다운 정원에 대한 환상에 젖어 있었다. 수선화에 꽃이 피고 작은 텃밭에 심은 상추와 쑥갓이 싹을 피울 때면 탄성과 함께 스마트폰으로 하루하루 성장 사진을 찍었다. 즐거움은 딱 4월까지였던 것 같다. 잡초도 자라봐야 손가락만 할 때까지. 5월이 되자 모든 생물의 성장속도는 상상을 초월했다. 옆으로 미친 듯이 세력을 뻗어나가는 녀석들과 진짜 하루 만에 한 뼘씩 커버리는 정체 모를 잡초들은 어딜 감히 자신들을 이기려 하느냐며 내 몸에 온갖 시련을 안겨줬다. 매일 어깨와 팔목, 허리에 붙이는 파스는 내가 태어나서 여태껏 사용한 양을 쉽게 넘겨버렸고 나로 하여금 기어이 병원 신세를 지게 했다. 가지치기한다고 덜 펴진 사다리에 오르다 뒤로 발라당 넘어져 엉덩이부터 허벅지까지 심한 타박상을 입어 검붉은 피멍이 들었고 며칠은 걷지도 못했다.

이뿐인가. 울타리 나무로 심은 사철나무는 4개월 된 리트리버 청순이가 모조리 뜯어먹어버렸고 오줌을 싼 곳마다 잔디는 죽어버렸다. 한 살 위 푸들 뽀송이는 갑자기 나타난 덩치 큰 여동생이 못마땅한지 자기 몸보다 다섯 배는 큰 청순이와 격한 몸싸움을 벌여 한시도 눈을 뗄 수 없게 만들었다.

당장 눈앞에 보이는 잡초를 뽑느라 관심이 멀어진 텃밭은 의도치 않게 꽃밭이 되어 있었다. 어느 날 하얀 꽃이 피었기에 무엇인가 봤더니 쑥갓이었다. 예쁜 들국화를 연상케 하는 쑥갓 꽃을 SNS로 자랑하듯 지인들에게 사진을 보여주었다. 그 모습을 한심하게 바라보던 귀촌 선배는 꽃대가 올라오기 전에 인정사정없이 꺾었어야 했다며 어이없어 했다. 뒤이어 내 허리까지 자란 상추에도 꽃이 피었다. 상추에도 꽃이 피다니 예쁘지는 않지만 신기했다. 반면 부추는 10㎝ 정도 자라더니 더 자랄 생각이 없다는 듯이 성장을 멈춰버렸고 오이 모종을 심었는데 호박꽃이 피었고, 토마토를 심었는데 지지대를 세워주지 않았더니 줄기가 땅으로 기어다녔다.

기대와는 달리 가장 나를 실망하게 한 것은 내 텃밭의 작물들이 맛이 없다는 것이었다. 상춧잎엔 벌레가 끼고 쑥갓 잎사귀는 마켓에서 파는 것에 비하면 크기가 너무 작고 토마토는 심심했다. 남편도 야채는 그냥 사다먹자고 말하기 시작했다. 한마디로 내 생애 첫 텃밭 농사는 망했다.

그렇다고 정원 일이 고통만 준 것일까? 초봄에 심은 꽃나무들이 꽃을 피우고 가지마다 푸른 잎이 돋아나는 광경은 설렘과 기쁨을 주었다. 가끔 격하게 싸우기는 하지만, 푸른 잔디 마당에서 맘껏 뛰어노는 두 마리의 강아지를 볼 때면 얼굴엔 미소가 가득 담겼다. 물론 몸은 힘들어도 잔디와 정원수 주변에 자란 잡초를 뽑을 때면 내 마음을 어지럽히는 고민과 잡념들을 시원하게 뽑아 주는 기분이 들었다. 동네엔 입이 쩍쩍 벌어지게 아름답게 가꾼 정원을 가진 이웃이 많지만, 직접 돌을 고르고 꽃나무를 심고 잡초를 뽑으며 가꾼 어설프지만 내 손길이 담긴 내 정원이 가장 맘에 들었다.

매번 눈에 띄는 몇 개의 잡초만 뽑자고 시작하지만, 한 시간은 눈 깜짝할 새 지나는 게 정원 일의 마력이다. 시간 가는 줄 모르게 만드는 이 중독성이 강한 행위는 급기야 타이머를 맞춰놓고 딱 그 시간만 일한다고 제동장치를 해놓지만, 알람이 울리면 딱 5분만 더 하자는 마음에 결국엔 몸이 아프려해야 겨우 멈추곤 하였다. 어깨와 허리엔 늘 파스를 붙이고 살지만, 서울 살 때 앓았던 불면증과 위염은 사라진 지 오래다. 이쯤 되면 손익분기점을 넘기지 않았는지.

한여름이 되자 칡과의 전쟁이 시작됐다. 이들은 나를 정말 미치게 했다. 사백 평이 넘는 정원을 향해 울타리 주변에서 공격해 오는 그들의 세력은 도저히 막을 수가 없었다. 땅속 깊이 박혀 있는 뿌리를 캐야 한다는데 바위틈에서 나오는 녀석들은 뿌리를 찾기도 어려웠고 한쪽 울타리에 칡을 제거하는 데만 일주일이 걸렸다. 그럼 뭐하는가. 한쪽을 겨우 정리해서 뒤돌아보면 그들은 영산홍을 심어놓은 낮은 언덕을 완전히 뒤덮어버렸다. 거기다 왕바랭이라는 녀석들도 거들었다. 잔디밭이고 텃밭이고 손톱만큼 흙이 있는 곳이라면 이들이 다 장악했다. 생육속도도 정말 상상을 뛰어넘었다. 시골 사람들이 왜 마당에 시멘트를 다 발라버리는지 이해하고도 남았다. 이미 남편은 정원 일이 자신하고 맞지 않는다며 손들어버렸고 새로 산 잔디깎기는 박스도 풀지 않았다. 자신은 도시형 인간이었음을 확실히 알았다고 말하는 그를 보고 있으면….

욕심이 화를 불렀다. 넓은 정원이 주는 고통은 상상 이상으로 컸다. 정원 계획을 세우며 읽었던 헤르만 헤세의 에세이집 『정원 일의 즐거움』에서 작가는 정원 일이 피곤해도 즐겁다고 말했다. 딱딱한 도시의 땅과는 비교도 할 수 없는 부드러운 흙 위에 서서 세상 잡소리에서 벗어나 자연이 들려주는 소리를 듣고 있노라면 금세 고요함에 젖어들게 된다고. 그럴 듯한 말이나 이건 정말 체력이 받아줘야 하고 적어도 남편이나 정원사가 거들어줄 때 가능한 일이라는 걸 알았다.

그래서 남편이 다시 서울 근교 양평으로, 정원이 작은 곳으로 이사하자고 제안했을 때 못이기는 척 고개를 끄덕이고 말았다.

이사할 곳은 정원이 적당히 넓었고 집주인이 철마다 관리를 알아서 해주었다. 나는 잔디밭에 드문드문 보이는 잡초 정도만 뽑으면 됐다. 앞서 정형외과 의사의 예언이 아주 빨리 실현되었다.

이쯤 되니 나도 정원 일과 잘 맞지 않았음을 인정해야 했다. 한때 타샤 할머니의 정원을 보며 나도 그런 정원을 만들어보리라 원대한 꿈을 꾸었다는 게 부끄러워졌다. 다시 이곳 양평에 땅을 사서 집을 지을 계획을 하고 있다. 이번에는 두 강아지가 적당히 뛰어놀 수 있는 최소한의 크기로 정원을 두련다.

시, 어쩌면 좋아

저녁을 먹으며 TV에서 즐겨보는 다큐멘터리의 목록을 살피던 중 특이한 제목이 눈에 띄었다. 〈시詩 리얼real — 1주일, 시인으로 살기〉, 일반인과 시인에게 일주일간 시 한 편씩 쓰도록 하고 그 과정을 보여주었다.

먼저 참가인들에게 '시는 □다'에서 네모에 들어가는 것을 말해보라고 물었다. 그들은 각각 아버지, 그리움, 남자 친구의 사랑, 고마움이라고 했다. 이 대목에서 옆에서 밥을 먹고 있는 남편에게 같은 질문을 했다. 잠시 생각하는가 싶더니 대뜸

"시는 헛소리다."

라고 말했다. 농담하지 말라고 째려보았더니 아니라고 정색을 하며

"시는요, 술 취해서 지껄이듯 써야 해요. 논리가 아니에요. 일단 그렇게 써놓은 것을 다듬으면 시가 되는 거예요."

라고 설명을 더했다. 젊은 날 수백 편의 시를 썼다는 그였기에 실없는 농담 같지는 않았다.

나에게 묻는다면 '시는 어렵다'이다. 방송에 나온 국어교육과 교수는 사람들이 나처럼 시를 어렵게 생각하고 멀리하게 된 이유로 시를 시 자체로 공부한 것이 아니라, 시를 대학 입학에 쓰이는 도구로 접근했기 때문이라고 말했다. 나의 고교시절도 마찬가지였다. 제주도에서 꽤 유명한 시인이 작문 교사였지만, 그의 수업은 지루했다.

디자이너로 젊은 날을 정신없이 보내고 뒤늦은 나이에 소설에 푹 빠지면서 사이버대학 문예창작학과에 편입했다. 문학수업은 기대 이상으로 재밌었지만, 글쓰기 과제는 여간 힘든 게 아니었다. 그 중에서도 나를 가장 괴롭힌 것은 문장력이었다. 맞춤법도 엉망이고 묘사력이나 어휘 실력은 중학생 수준으로 형편없었다. 그나마 맞춤법은 〈우리말 배움터〉 사이트에 있는 검사기의 도움을 받아 어느 정도 해결할 수 있었지만, 나머지는 난제였다. 문장력이 뛰어난 학우들에게 조언을 구하니 시를 많이 읽은 것이 도움이 됐다고 했다. 잘 모르는 분야라 주저했던 과목이었지만 용기를 내고 시 창작 강의를 듣기 시작했다.

담당 교수님이 말씀하신 대로 수업에서 배운 시를 노트에 옮겨 적고 몇 번씩 다시 읽어보았지만, 좀처럼 친해지기 어려웠다. 읽자마자 감탄사가 나오고 감동과 재미를 주는 시도 있었지만, 대부분의 경우 도통 무슨 말을 하려는지도 모르겠거니와 나를 골아프게 했다. 시는 내 기질에 맞지 않았다. 급한 성격은 시의 모호함을 견디지 못했다.

며칠간 머리를 쥐어짜며 과제로 제출할 시를 지어보기도 했다. 나름 잘 쓴 것 같아 남편에게 보여주었더니

"파던 우물이나 계속 파세요."

라고 말하며 가차 없이 한방을 날려주었다. 의기는 바닥에 떨어졌지만 이대로 물러설 수 없었다. 이번에는 시집 한 권을 필사했다. 모든 시를 옮겨 적은 후에 작품 해설을 읽어보니 이런 대목이 있었다.

> 깊은 주의를 기울이지 않고 시인의 시를 읽어나가는 독자들은 그 시들 사이의 거리가 넓고 깊은 것에 당황한다. 납득하기 힘든 정황 묘사, 이유가 선명히 설명되지 않은 절규가 터져나오고 있는 그의 시는 그것을 이해하고 즐기기 위해 보낸 시간을 헛되이 만드는 듯한 절망감과 허망감을 느끼게 하기도 한다. 거기가 고비다. 그것을 참고 시를 천천히 되풀이해 읽을 때, (하략)

나는 그 고비를 넘기지 못했다. 시는 내게서 다시 멀어졌고 그로부터 3년이 지나갔다. 방송을 보고나서 시에 대한 관심이 다시 일자 필사의 대상이었던 그 시집, 이성복 시인의 『남해 금산』을

집어들었다. 이번에는 해설을 쓴 김현 평론가가 충고한 대로 시를 천천히 되풀이해서 읽고 시인의 감정을 조금이라도 느끼기 위해 암송해보기로 했다. 외우는 것을 질색하는 나였지만, 이 고비를 넘기고 싶었다. 첫 도전 작으로 제일 짧은 표제 시인 「남해 금산」을 선정했다.

한 여자 돌 속에 묻혀 있었네
그 여자 사랑에 나도 돌 속에 들어갔네
어느 여름 비 많이 오고
그 여자 울면서 돌 속에서 떠나갔네
떠나가는 그 여자 해와 달이 끌어주었네
남해 금산 푸른 하늘가에 나 혼자 있네
남해 금산 푸른 바닷물 속에 나 혼자 잠기네

어려운 어휘도 없거니와 반복되는 단어도 많아서 설거지하면서 소리내며 여러 번 읽었더니 생각보다 빨리 외울 수 있었다. 며칠간 아무 때고 읊조렸다. 암송해보니 처음 읽었을 때는 느끼지 못했던 운율, 리듬을 알 수 있었다. 어휘 하나에 담긴 의미도 곰곰이 생각해보았다. 어렴풋이 이미지가 그려졌다. 어느 여름 사랑하는 여자는 떠나갔고 화자는 푸른 바닷가에 혼자 남아 슬픔에 잠겨 있다는 이야기였다. 외로움, 애절함 등의 감정이 느껴졌다.

그때 문득 남해 금산이 산청 우리 집에서 그리 멀지 않은 곳에 있다는 것이 떠올랐다. 직접 그 장소로 가서 화자가 바라보던 푸른 하늘가와 바닷물을 보면 확실하게 시인의 감정을 알아챌 수 있을 것 같았다. 뭔가 하겠다는 생각이 들면 그 즉시 실행해야 성이 풀리는 나는 남편을 졸라 다음 날 아침 일찍 남해 섬으로 떠났다.

추석 연휴가 끝난 평일이라 그런지 넓은 등산로에는 사람들이 보이지 않았다. 금산에는 유명한 사찰 보리암이 있어서 길은 잘 정비되어 있었다. 정상이 가까워지면서 초록의 나무들은 사라지고 집채만 한 커다란 기암들이 마치 비밀의 사원 입구의 보초들처럼 서 있었다. 그곳을 통과할 땐 시의 한 구절처럼 한 여자가 묻혀 있다는 돌 속에 들어가는 기분이 들었다. 늘어선 기암을 지나니 정상으로 보이는 작은 봉우리엔 봉수대를 중심으로 낮고 둥그렇게 돌로 쌓아 만든 전망대가 있었다.

파노라마처럼 펼쳐진 한려해상의 절경은 절로 탄성을 불렀다. 고요하고 아름다운 푸른 바다가 넓게 펼쳐져 있고 크고 작은 섬들이 저마다 사연을 갖고 바다 위에 둥둥 떠 있었다. 한참을 넋을 놓고 바라보다가 시를 떠올리며 화자인 그가 느꼈던 감정이 무엇이었을지 상상해보았다. 그 여자는 무슨 사연으로 죽었을까? 그의 슬픔과 고독은 얼마큼 깊을까? 바다와 하늘이 맞닿아 있는 수평선에 화자를 세워보기도 했다. 기대와는 달리 흐릿한 안개처럼 아무것도 보이지 않았다. 잡히지 않는 감정들. 결국 시인의 감정을 생생하게 헤아리는 데 실패했다. 기대가 컸는지 실망감에 기분이 우울해졌다. 남편이 숙제를 잘했냐고 묻자 고개를 떨어뜨리고 절래절래 흔들었다.

생각해보면 속 시원히 해답을 알려주지 않는 것들. 사랑하는 사람의 마음, 한 치 앞을 예측할 수 없는 답답한 미래, 인생의 수많은 물음들은 늘 주위에 있었다. 빠른 속도로 변하는 세상에서 뒤처지지 않으려고 앞만 보고 달려가는 동안 타인을 위해 시간 내주기, 기다려주기, 들어주기, 공감해주기는 뒷전으로 물러날 수밖에 없었다. 그래서 시 감상이 더 어려우리라.

시를 몇 편 읽어보고 시인의 감정을 헤아려보았다고 해서 문장력이 금세 좋아질 리는 없을 것이다. 오랜 시간 공을 들여 시를 읽다보면 시인들이 어렵게 찾아놓은 어휘들과 비유들을 익히게 될 것이고, 시 쓰기도 꾸준히 해보아야 체득하는 게 있을 것이다. 글쓰기에도 왕도는 없나보다. 그래도 시인이 말하는 이야기에 집중하며 들였던 정성은 내 마음의 넓이를 조금은 키워주지 않았나 싶다.

여전히 시는 어렵고 낯설다. 그래도 여기서 그칠 순 없지. 이번에는 김사인 시인의 「공휴일」에 도전한다. 시인처럼 이 가을 삐죽이 나온 코스모스를 보며 웃는다.

즐거운 글쓰기

나는 사남매의 둘째였고 똑똑한 언니와 애교 많은 여동생 사이에 대체로 뚱한 아이였다. 형제들과 어울리기보다는 주로 혼자 놀며 그림을 그리거나 상상의 이야기를 만들어내곤 했다. 어쩌다 초등학교 2학년일 때 쓴 일기가 제주도 지역신문에 실렸다. 엄마 친구가 발견하고 호들갑을 떨며 우리 집에 가져왔다. 엄마는 기뻐하기는 커녕 조금 부끄러워하는 기색이었다. 마당에서 엄마와 빨래를 하던 내용이었는데 부잣집으로 시집가서 손에 물도 안 묻히고 산다며 말하고 다니던 엄마는 어린 딸의 폭로가 싫었던 모양이다. 그 신문은 장롱 깊숙한 곳에 숨겨졌고 아빠에게조차 보이지 않았다. 선생님은 나에게 글솜씨가 있으니 열심히 써보라고 했지만, 엄마는 공부나 열심히 하라고 했다.

집에서와는 달리 초등학생 시절 친구들과의 관계에서는 인기가 많았던 나는 중학생 때 그게 뜻대로 되지 않자 심한 외로움을 느꼈다. 전보다 더 일기쓰기에 빠졌고, 간혹 내 물건을 뒤지는 자매들 때문에 자물쇠가 달린 일기장을 샀다. 일기장에 가상의 인물을 하나 만들어 '아미'라고 이름을 붙였다. 그녀와 상상으로 이야기를 나눴다. 친구들과의 관계가 좋아지자 일기장은 서랍 깊숙한 곳에 들어가 서서히 잊혀졌다.

대학 2학년에 책장에서 꽤 낡은 스프링 노트를 발견했다. 일제강점기에 일본에서 대학생활을 했던 아버지의 일기장이었다. 일본어로 쓰여 있어 내용을 알 수 없었지만 한 장 가득 빽빽하게 채운 글자를 보고 있노라니 수많은 감정이 나를 감쌌다. 페이지를 넘기다 다시 일기를 써야겠다는 욕구를 강하게 느꼈다. 대학 서점에서 빨간 스프링 노트를 사고 그날부터 쓰기 시작했다. 디자인학과 재학시절, 이성과의 사랑과 이별, 서울에서의 첫 사회생활, IMF 위기, 미래에 대한 고민 등 이십대가 끝나자 노트는 일곱 권으로 늘어났다.

서른 살에 결혼에 실패하고 이혼녀가 되었다. 서른세 살부터 5년간 부모님 병간호를 하며 직장을 그만두게 되고 그들이 세상을 떠날 때까지 암흑 같은 시간이 이어졌다. 그 당시 대학에서 디자인학과 시간강사를 하며 학생을 가르치고 있었는데 지도교수가 심장마비로 돌아가면서 그 직업마저도 끊겼다. 연이은 가까운 이들의 죽음에다 모아둔 재산도 없었던 나는 삶의 의욕을 잃었다. 그다지 잘못 살지도 않았는데 눈앞에 처한 상황은 도저히 이해할 수가 없었고 모두 잘못된 세상 탓으로 보였다. 감정은 격해져 힘들 때 나를 외면한 사람들에게 복수하고 싶은 마음이 일었다. 다시 증명해보이고 싶었다. 분노는 에너지가 돼서 나를 강하게 밀어붙였다. 직장을 구하고 일에 빠져 살았다. 바쁜 꿀벌은 슬퍼할 시간도 없다고 되뇌면서.

어두웠던 시절에도 얻은 것이 있었다. 바로 독서 습관이었다. 어려서부터 외로움이 싫어 사람들과의 관계에 매달려 살았던 나는 책 읽을 시간이 없었다. 나이 삼십 전까지 읽어본 문학책이라곤 겨우 두세 권에 불과했다. 그때부터 카뮈의 「이방인」을 시작으로 세계문학에 빠지면서 직장에 다니면서도 많게는 일 년에 백 권을 읽었다. 책을 읽으면서 내가 알고 있던 세상이 달리보이기 시작했다. 수많은 이들이 나보다 더한 고통 속에 있었고 어떤 이들은 그것을 지혜롭게 이겨내고 있었다.

마흔 살에 처음으로 글을 쓰고 싶다는 생각이 들었다. 내 안의 분노를 모두 꺼내 글로 써버리면 속이 다 시원해질 것 같았다. 세상 사람들에게 나의 슬픔과 고통을 드러내어 위로받고 한편으론 열심히 살았다고 칭찬도 듣고 싶었다. 퇴근하고 나서 틈틈이 자전적 단편소설을 썼다. 완성했을 때의 성취감은 너무도 짜릿했다. 하지만 지인들에게 들은 평은 혹독했다. 노력은 가상하나 맞춤법도 엉망이고 넘치는 감정들로 글이 산만하다고 했다. 어떤 이는 아무나 글을 쓰는 게 아니라며 꼭 써야 하겠냐고 물었다. 오랜만에 가슴을 뜨겁게 했던 일은 그렇게 사그러드는 듯했다.

그런데도 글쓰기에 대한 욕망은 쉽게 떠나지 않았다. 마흔일곱에 사이버대학 문예창작학과에 편입해서 정식으로 글쓰기를 배우기 시작했다. 기대와는 달리 과제로 몇 편의 글만 쓰는 강의는 별 도움이 되지 않았다. 다행히 졸업할 무렵 수필동아리를 알게 되어 가입했다. 수필은 자기를 드러내는 문학이 아니었던가. 나의 과거를 돌아보면 급한 성격에 미숙한 사고로 실수도 많이 저질렀고, 두려움에 갇혀 회피하거나 포기한 일도 많았다. 자연히 상대방에 대한 오해와 어리석은 판단도 부지기수였다. 부끄러움에 얼굴을 붉히며 글을 쓰다보면 신기하게도 마음이 편안해졌다.

그러나 한 달에 고작 수필 한 편 쓰는 걸로는 글쓰기에 대한 욕망이 채워지지 않았다. 작년 코로나19 사태가 시작될 무렵 나는 작은 결심을 했다. '하루 한 편 글을 쓰자.' 블로그에 매일 글을 올렸다. 처음 열흘이 가장 힘들었고 백 일이 지나자 그냥 일상이 되었다. 아침 8시엔 무조건 컴퓨터 앞에 앉았다. 글을 쓰며 나의 존재가 생생하게 느껴지는 그 시간이 무척 좋았다. 1년을 채워갈 무렵 위염이 재발하는 바람에 어쩔 수 없이 강행군 수준을 낮춰야 했지만 그 동안 글쓰기 근력을 조금은 키운 것 같아 뿌듯했다.

돌이켜보면 삶에서 즐거움보다는 고통이 대부분이었다. 그러나 자신이 좋아하는 일을 하는 순간만큼은 고통도 즐거움이 된다. 오늘도 즐거운 글쓰기를 위해 고통 속으로 들어간다.

고주망태 탈출기

젊어서부터 애주가였던 아빠는 매일 밤 늦게 취해서 집에 들어왔다. 내가 고등학생이 될 무렵 엄마는 처음으로 술을 마시기 시작했다. 사이가 좋지 않았던 부모님은 술 취향도 갈렸다. 아빠는 맥주파, 엄마는 소주파였다. 그러나 두 분 다 술로 얼굴이 벌게지거나 다음날 숙취로 힘들어하는 일이 없는 면에서는 닮았다.

합법적인 나이가 되자 나 역시 술의 세계로 빠져들었다. 엄마를 더 닮았는지 소주를 좋아했다. 별 맛도 없이 쓰기만 한 것이 알고 보니 그렇게도 깔끔하며 달콤했다. 소주를 처음 마신 건 대학 입학하고 두 달이 지나서였다. 막 가입한 음악동아리에는 눈길을 확 끄는 남학생이 있었다. 키 크고 잘생기고 노래도 잘 부르고 똑똑하기까지, 한마디로 킹카였다. 동기들 사이에서 그의 인기는 최고였다. 대학축제 때 동아리 행사를 치르고 나서 뒤풀이가 있었다. 장소는 막걸리와 파전, 김치찌개를 파는 주점이었다.

운 좋게 나는 킹카 옆자리에 앉게 됐다. 맥주를 홀짝거리고 있을 때 그가 소주를 권했다. 이런 독한 술은 마셔본 적이 없다고 하자 그가 씩 웃으며 한 잔만 마셔보라고 했다. 소주 한 모금 마신 뒤 얼른 콜라를 마시면 괜찮다면서. 만일 다른 이가 권했다면 절대 안 마셨을 테지만 그가 준 잔이었기에 찡그리며 마지못해 비웠다. 잠시 그가 나의 얼굴색을 살폈다. 멀쩡한 나에게 또 씩 웃으면서 한 잔 더 건넸다. 그렇게 결국 넉 잔을 마셨다. 그러자 그가 오히려 겁을 내며 더는 권하지 않았다. 이때부터 나는 소주를 사랑했다. 맥주보다 빨리 취하게 하고, 화장실을 덜 가게 해서 좋았다. 그를 사모하는 마음은 한두 달 만에 사라졌지만, 소주와는 떼려야 뗄 수 없는 관계에 빠졌다.

나의 주량은 하루가 다르게 늘어갔다. 얼마 지나지 않아 학과에서 손꼽히는 주당이 되었다. 일단 술이 들어가면 생기가 돌고 목소리도 웃음소리도 커졌다. 하루가 멀다 하고 마실 이유를 만들었고, 밤은 내 세상이었다.

대학 졸업 후 서울에서 직장을 다닐 때도 술은 늘 함께했다. 서울 사람들은 미적지근했다. 집들도 멀고 교통편도 여의치 않아서였는지 대부분 초저녁에 자리를 떴다. 그런 경우 나는 아쉬움을 달래려 서울 사는 고향 친구들을 불러냈다. 그런 나를 한심하게 지켜보던 상사는 시집가려면 당장 술부터 줄여야할 것이라고 잔소리했다. 그의 말을 귓등으로도 안 들었다. 생활비에서 가장 많은 비중을 차지한 것은 단연코 술값이었다. 돈을 모으기는 고사하고 가끔 빚을 내어 유흥에 쓸 정도였다.

아무리 술체질이라고 해도 너무 취해서 실수를 한 날이 있었다. 중요 업무 서류철을 술집에 놓고 오거나 낯선 이의 어깨에 기대어 잠이 든 채 지하철 2호선을 두 바퀴나 돌기도 했다. 그런 날이면 자괴감에 절주를 다짐해보았지만 작심삼일일 뿐이었다. 고향이 무척이나 그리운 날, 상사에게 꾸지람 당해 서러운 날, 성공의 문턱이 너무 멀어보여 괴로운 날, 외로움이 사무치는 날엔 술만이 확실하게 나를 위로했다. 직장에선 별 존재감 없는 나였지만 술자리에서만큼은 주인공이 된 듯한 기분에 빠졌다.

삼십대 중반 내 인생에 대위기가 찾아왔다. 매일 맥주 세 병을 들이켜던 아빠는 간암을, 소주를 큰 잔에 담아 단숨에 마셨던 엄마는 뇌출혈을 앓았다. 5년간 부모를 간병하며 그들을 병마로 고생시키고 이른 나이에 데려간 술의 손아귀에서 나도 벗어나지 못할까봐 두려워졌다. 부모의 상을 치르고 나서 다짐했다.

'일주일에 두 번 이상 먹지 말자!'

어렵지 않아 보이는 계획은 일주일도 못 가 무너졌다. 이유는 많았다. 술친구들이 불러댔다. 업무상 접대도 피할 수 없었다. 그런 이유조차 없을 땐 집에서 혼자 마셨다. 해가 지나도 나는 고주망태에서 벗어나지 못했다. 몸을 못 가눌 정도가 되기 전까지 만족을 몰랐다. 심한 날엔 점심때 시작해서 자정 넘어까지 잔을 채우고 비우기를 거듭했다.

못생긴 내가 취중엔 꽤 그럴듯해 보였다. 시도 때도 없이 나를 괴롭히던 불안감도 그 동안은 사라졌다. 노래방에 가서 고래고래 소리를 질렀고 막춤을 추었다. 고개를 크게 젖히며 웃고 또 웃었다. 내 안에 억눌린 감정들을 다 뱉어내고 싶었다. 힘겨운 삶을 버텨내고 있는 나에게 그렇게 상을 주고 있었다.

그러다가 사십대 초반 내 인생에 전에 없던 문제가 하나둘 생기기 시작했다. 과중한 회사 업무로 스트레스가 쌓이고 예전 같지 않은 체력과 앞날에 대한 불안으로 공황장애 초기증상이 나타났다. 평소에 제어가 잘 되던 감정들도 미쳐 날뛰었다. 그러던 차에 지인들과 술자리에서 별 뜻 없이 건넨 지인의 한마디에 나의 분노가 폭발했다. 누가 말릴 겨를도 없이 나는 온갖 비난의 소리를 퍼부었다. 분위기는 한순간에 엉망이 되어버렸고 누군가의 손에 잡혀 나는 밖으로 끌려나왔다. 아무 잘못도 없이 희생양이 되어버린 지인은 그 일로 엄청난 상처를 입고 나와 절교했다. 그 사건이 있고 나서 최대한 과음을 하지 않도록 조심해보았지만 오랫동안 몸에 밴 습관을 쉽게 고칠 순 없었다. 그렇다고 알코올중독에 빠진 삶을 바꿀 엄두도 나지 않았다. 어떻게 술 없이 살수 있단 말인가….

마흔다섯 살 노처녀에게 전환점은 갑자기 찾아왔다. 지인의 소개로 남자를 만났다. 그런데 그는 술을 안 먹는다 했다. 여태껏 그런 남자는 단 한번도 만나본 적이 없었다. 어차피 나와는 맞지 않을 거라 여기고 그가 어떻게 생각할지 무시한 채 나는 와인을 시켜 마셨다. 예상과는 달리 이 남자가 내 마음에 쏙 들었다. 문득 이 사람과 함께 지내다보면 술을 끊을 수도 있겠다는 생각이 들었다. 어쩌면 이 사람이 구세주일 수도 있겠다 싶었다.

두 달 만에 우리는 동거에 들어갔다. 한동안은 저녁시간만 되면 술생각이 났다. 다행히 식사로 허기가 채워지면 그 욕구가 사라졌다. 고향의 술친구를 멀리 두다보니 자연스레 술도 좀 멀어졌다. 생일이나 기념일에는 와인 한두 잔 정도는 마셨다. 처음엔 그 정도로 끝내는 것이 너무도 아쉽고 힘들었지만 남편과 함께 산 지 7년째인 지금은 문제가 안 된다. 이젠 다음 날 숙취로 고생할 일도 없다. 처음 만날 때의 예상처럼 그는 나의 구세주였다.

지난 25년 동안 무슨 이유로 알코올에 의존해서 살아야만 했는지 깊게 생각해본 적은 없었다. 취기와 가짜 자신감만을 갈구해서 그랬던 건 아닐 것이다. 어린 시절부터 만들어진 지독한 열등감 때문이었을까? 결점투성이인 자신을 수없이 비난했고 실수한 일들도 불러내어 엄청난 채찍질을 가했다. 늘 다른 사람보다 나아야 한다는 생각과 비현실적으로 높게 잡은 인생 목표로 언제나 삶은 힘에 부쳤다. 긴장과 불안은 나를 한시도 가만두지 않았다. 숨도 제대로 못 쉬던 자아가 술을 마시면 툭 튀어나와 소리쳤다.

'아무렇게나 살면 어때? 제발 좀 나 하고 싶은 대로 하게 놔둬!

망가지면 어때? 죽기밖에 더 하겠어.'

술을 마시면 온갖 자책의 소리에 맞설 수 있었다. 비로소 자유를 맘껏 누리는 기분을 느꼈다. 자신을 향한 억압을 술의 힘으로 잠시 무장해제시킨 것이다. 그러나 이런 환상이 주는 효력은 그때뿐. 일상으로 돌아오면 여전히 나를 향한 나 자신의 힐난은 멈추지 않았다. 나는 왜 자신을 믿어주고 사랑해주지 못했을까….

지난 7년간 가정을 이루고 안정된 생활을 누리면서 마음에 여유가 깃들었다. 더불어 뒤늦게 배운 글쓰기를 통해 나를 돌아보는 성찰의 시간을 가졌다. 특히 규칙적인 생활을 하며 건강한 환경을 만들어준 남편 덕에 술에 의존하지 않고 밝은 불빛 아래에서 나의 모든 의문과 두려움을 마주보게 되었다. 그 사이 자신을 비난하는 목소리는 점점 줄어들었고 불안증세도 많이 누그러졌다. 나를 있는 그대로 인정해주고 그 동안 고생 많았다고 다독여주다보니 툭하면 떠오르던 술생각이 사라졌다. 결국 술 없이 살려면 내 마음이 편안해져야 했다.

가끔은 취해서 친구들과 큰소리로 웃고 떠들던 밤이 그립기도 하다. 그러나 예전과 달리 지금은 분위기를 부드럽게 할 정도로만 술을 마시고 싶다. 중요한 건 함께하는 사람이고 서로의 건강이다. 고주망태 김성은, 사람 됐다. 남편의 바람대로 건강하게 120살까지 살아보자.

5부

행복한 청소부

아찔한 미국 여행

"미국 여행이라고요!"

관리부에 근무하는 노처녀 대리님이 나에게 함께 가자는 제안을 했을 때 깜짝 놀랐다. 1990년대 초반이지만 아직 여행자유화가 시행된 지 얼마 지나지 않아 부자들이 아니고서야 미국 여행은 꿈도 꾸지 못할 때였다. 친동생이나 다름없는 후배가 LA에 살고 있는데 추석 연휴에 그녀를 초대했다고 한다. 낯선 나라에 혼자 가는 게 영 무서워서 그는 여행 동반자를 찾고 있었다. 스물다섯인 나보다 스무 살이나 연상이었지만 평소에 나를 많이 아껴주는 분이라 부담은 없었다. 게다가 나는 내 비행기 삯과 비상금 정도만 챙기면 된다고 하기에 이런 기회가 또 어디 있겠나 싶어 흔쾌히 수락했다.

미국에 대해 내가 아는 거라곤 한국인들이 LA에 많이 산다는 것과 할리우드가 있다는 정도였다. 특별히 준비할 것도 없었다.

가장 큰 어려움이 있었다면 비자였다. 미국에 불법체류하려는 이들이 늘면서 특히 미혼 여성들에게는 관광비자 발급도 종종 거절된다고 했다. 근무하고 있는 회사의 신원보증서와 아빠의 은행 계좌의 잔고, 재직증명서 등등 요구하는 자료도 많고 심사 기준도 엄청 까다로웠다.

미국 대사관 비자 심사실에는 대기자들이 조용히 자리에 앉아 차례를 기다리고 있었다. 얼마 지나지 않아 심사창구 앞에 선 젊은 남성이 비자를 거부당하고 거세게 항의하는 것이 보였다. 불안해서 어쩔 줄 모르는 대리님의 손을 꼭 잡아줬다. 그때 내 또래로 보이는 여성이 호명되었다. 안내원은 그녀를 귀빈 모시듯 데리고 가더니 별도의 창구에서 단번에 비자를 내주었다. 알고 보니 고위 공무원의 자녀였다. 씁쓸했다. 내 차례가 되어 창구 앞에 섰다. 미국인 심사관은 불법체류할 목적이 아니냐는 질문을 계속해서 해댔다. 확실하게 관광하러 간다고 몇 번을 대답하니 마지못해 비자를 승인해줬다. 그의 불쾌한 태도로 기분이 몹시 상했지만 어쩌랴 일단 통과되었으니 불편한 마음은 훌훌 털어버렸다.

1994년 추석 무렵 내가 탄 비행기가 미국 땅에 착륙했다. 입국심사장에서 잠시 마음을 졸여야 했다. 간혹 그곳을 통과하지 못하는 사례가 있다는 소리를 들었기 때문이다. 무뚝뚝해 보이는 살찐 중년 남성 심사관은 나를 훑어보더니 영어로 뭔가를 물었다. 여행사에서 미리 알려준 말은 아닌 거 같았다. 당황해서 그를

보는데 그가 어떤 특정 단어를 계속 반복한다는 걸 알았다. 집중해서 들어보니

"콴관? 콰완광?"

그는 한국어로 관광을 왔냐고 내게 묻는 거였다. 피식 웃음이 났고 그렇다고 대답했더니 그도 미소를 지으며 도장을 여권에 찍었다. 심사장을 벗어나며 그제야 그 동안 쌓였던 긴장을 풀 수 있었다. 우리는 공항에 마중나온 대리님의 후배 Y를 만났다.

일주일간 우릴 돌봐줄 삼십대 후반인 Y는 결혼도 안 하고 악착같이 벌어서 자그만 집을 마련하여 살고 있었다. 그런데 자신은 내일과 모레 이틀 간만 시간을 낼 수 있다고 하며 그 후부터는 둘이서만 여행을 해야 한다고 했다. 그녀는 지역신문을 펼치고 LA 시내에 있는 한인여행사 상품을 소개했다. 2박 3일간 미국 서부인 그랜드캐니언과 라스베이거스를 여행하는 패키지였다. 비용도 꽤 비쌌다. 나는 그녀가 그 비용을 내주는 줄 알았는데 그게 아니었다. 당황해하는 나를 보며 대리님도 어쩔 수 없다는 표정을 지었다. 낯선 나라에서 말도 안 통하는데 집주인이 그러라 하니 하는 수 없이 예약을 했다. 이미 항공권을 사면서 큰돈이 들었는데 예상치 못한 추가 비용까지 감당하려니 화가 났지만 달리 방법이 없었다. 나중에 어떻게 되든 신용카드를 쓸 수밖에.

Y는 다음날 우리를 디즈니랜드로 데리고 갔다. 끝이 안 보일 정도로 넓은 주차장에 차를 세웠을 때 나는 그제야 미국이란 나

라의 규모를 실감하게 됐다. 처음엔 아이들이나 좋아할 법한 곳을 왜 데리고 왔나 속으로 툴툴대고 있었는데 어느 샌가 꿈과 마법의 세계에 흠뻑 빠져버렸다. 이튿날엔 할리우드 거리를 구경했다. 다음으로 Y는 유니버설스튜디오라는 곳으로 우리를 데리고 갔다. 자신은 여러 번 관람했다며 우리만 들어가라고 했다. 입장권이 고가였지만, 비싼 입장료가 전혀 아깝지 않았다. 〈E.T〉와 〈백 투 더 퓨처〉 등 명작 영화의 세트 및 특수촬영 장면, 스턴트쇼 등을 관람하면서 할리우드 영화산업의 경이로움을 실감했다. 단 사흘을 지냈을 뿐인데 거대한 땅덩어리, 물질적 풍요, 첨단기술, 거기다 시민들의 여유로운 모습은 모두 충격으로 다가왔다. 나의 작고 좁은 세계관이 산산이 부서지고 있음을 느꼈다.

나흘째 되는 날, 계획에도 없던 미국 서부여행에 나섰다. 애당초 무슨 계획이 있긴 했던가. 나는 가끔 대리님을 원망의 눈초리로 쏘아보았으나 그녀는 애써 내 눈길을 피했다. 라스베이거스행 버스에는 한국에서 여행온 사람들과 현지인들이 한데 섞였다. 중년 부부가 많았고 미국 출장을 왔다는 여성 두 명과 내가 가장 젊었다. 행색을 보니 다들 여유가 넘쳐 보였다. 버스는 오후에 출발해서 사막을 달려 저녁에 라스베이거스 호텔에 도착했다. 이튿날에는 현실인지 그림인지 분간이 안 되는 그랜드캐니언과 자이언캐니언, 카우보이 문화를 보존하고 있는 탄광촌을 둘러보고 저녁에는 라스베이거스에서 가장 유명하다는 주빌리쇼를 구경했다.

100여 명이 넘는 쇼걸이 머리에 공작 깃털을 꽂고 나와서 한 시간 내내 춤을 췄다. 화려한 무대가 펼쳐지는 동안 관람자들은 거대한 홀에 마련된 테이블에 앉아 저녁 식사를 했다. 이후 온 세상의 전구를 다 가져와서 밝힌 듯한 화려한 밤거리를 거닐었다. 여행이 길어질수록 이 거대한 나라에 살고 싶다는 욕망도 커져만 갔다.

라스베이거스 여행을 마치고 마지막 날에는 Y의 지인이 합류해 함께 바닷가에서 식사를 했다. 이십대 후반의 나이에, 다소 껄렁한 분위기를 풍기며 멀끔하게 생긴 이 남자는 불법체류자였다. 미국에 온 동기는 말하지 않았지만, 이곳에서 몇 년을 아무런 문제없이 살고 있다고 했다. 호텔 벨보이 일이 생각보다 꽤 괜찮다고 했다. 여기 생활은 한국에서의 삶과는 비교할 수 없을 정도라며 거의 으스대듯 말했다. 미국이 너무 좋다고 맞장구치는 나에게 그가 자못 심각한 표정으로 말했다.

"그 후진 한국에 뭐하러 돌아가요? 디자이너라고요? 그게 대단한 직업인가요? 여기서 뭘 해도 그것보다는 더 잘 벌고 잘 살 수 있어요. 영어 못해도 돼요. 여기 그냥 눌러앉아요."

그는 며칠간 미국 여행하면서 뭘 보았냐고 물었다. 주절주절 말하자 그래도 한국에 가고 싶냐고 물었다. 사실 여행 내내 이 나라에서 정말로 살고 싶다고 진지하게 생각하고 있었다. 그걸 그

가 꿰뚫어본 것 같아 당혹스러웠다. 일단 한국에 가서 정리하고 다시 올 기회를 잡겠다고 하자 그는

"오래 생각하고 자시고 할 게 없어요. 내가 도와줄 테니 나한테 맡겨요!"

머리가 어지러웠다. 생각할 게 너무 많았다. 입을 열지 못하고 있는 나를 보더니 그가 비웃으며 작별 인사를 했다.

커다란 아쉬움을 뒤로 하고 미국을 떠났다. 이후 미국 유학길도 알아보고 취업 경로도 찾아보았지만 여의치 않았다. 기회가 닿을 때마다 해외여행을 다녀오고 영국에서 짧게나마 살아본 후에는 그렇게 간절했던 소망도 흐지부지 사라졌다. 그 사이 한국은 놀라운 속도로 발전했고 돈만 있으면 미국생활이 부럽지 않을 정도로 살 수 있게 됐다. 이젠 우리나라에 불법체류하는 외국인이 많아서 골치라 하니 격세지감을 느낀다. 지난 여행 중 유혹처럼 들렸던 벨보이의 제안도 지금 와 생각해보니 실소만 자아낸다. 철없던 시절의 아메리칸 드림이었다.

여름 안에서

지난 여름 한 티브이 프로그램에서 가수 이효리는 린다G라는 이름의 캐릭터 역할로 바람을 일으켰고, 그녀를 중심으로 일시적으로 결성된 혼성 댄스그룹 싹스리는 1990년대 히트곡인 듀스의 〈여름 안에서〉를 리메이크해서 대히트를 쳤다. 이 노래를 기억하고 그 시기를 이십대 뜨거운 열정으로 보낸 이들이라면 무척 반가운 일이 아닐 수 없다. 나도 그렇다. 이 노래를 들을 때면 스물여덟 살(1997년) 통영 여행의 한 장면이 강렬하게 떠오른다.

기차의 기분 좋은 흔들림이 느껴지자 가벼운 흥분이 일었다. 내 생애 처음 타보는 기차였다. 나는 선정적인 사진과 기사가 가득한 『선데이 서울』을 가방에서 꺼내 들었다. 왠지 기차에선 이런 잡지를 보면서 가는 게 제격인 듯해서 출발하기 전 매점에서 사둔 거였다. Y는 뭐 이런 걸 사 왔냐고 질색했지만 결국, 낱말맞히기와 숨은그림찾기를 낄낄대며 같이 풀었다.

음식을 파는 수레가 드디어 등장했다. 나는 삶은 계란 한 꾸러미를 샀다. 간식을 가지고 왔는데 왜 사냐고 S가 구박하기에 내가 본 영화나 드라마에선 등장인물들이 기차 안에서 모두 삶은 계란을 까먹더라고 말했다. 그 말에 우리를 의식하지 않는 척 점잖게 앉아 있던 옆자리 아저씨가 피식하고 웃었다. 기차가 행선지를 향해 다섯 시간을 가는 동안 이십대 후반의 세 여자는 쉴 새 없이 조잘거렸고 가끔 창밖 풍경을 보며 작은 탄성을 질렀다.

기차는 저녁 9시를 넘기고 진주역에 도착했다. 근처 여관을 잡고 다음 날 있을 여정을 생각해 씻자마자 잠을 잤다. 아침 일찍부터 서두른 우리는 여행 목적지인 통영 가는 버스를 타기 전에 진주성과 남강변을 산책했다. 물안개가 자욱한 강변 풍경은 절로 탄성을 자아냈으며 촉석루에 눈길이 닿은 우리는 역사 속 아름다운 여인들을 떠올려보았다.

가벼운 산책을 마친 우리는 통영 가는 버스에 올라 제일 앞자리에 앉았다. 버스 안에서도 끊임없이 이야기를 주고받는 중에 기사 아저씨가 거울을 보며 말을 건넸다. "서울에서 왔어요?" 우리는 그렇다고 고개를 끄덕였다. 기사는 잘왔다며 통영 자랑을 늘어놓았다. 말미에 다들 결혼은 했냐고 물었다. 아니라고 했더니 기사는 거제도 남자들이 1등 신랑감이라며 꼭 만나보라고 했다. 이들은 큰 배를 타고 먼 나라를 다녀오면 아파트 한 채를 살 수 있는 돈을 벌어오고, 거기다 몇 달씩 집을 비우니 부인이 얼마나 편하겠냐고 하면서 의미심장하게 웃었다. 어떠냐고 묻기에 우리는 그저 어색한 웃음으로 답했다. 이어서 기사는 사람들이 제주도가 거제도보다 크다고 하는데 그거 다 거짓말이라고 했다. S와 Y가 제주도 출신인 나를 보며 웃음을 터뜨렸다. 나는 흥을 깨기 싫어서 그러냐고 장단을 맞췄다.

횟집에서 식사를 마치고 버스운전사가 강력 추천한 외도를 보기 위해 선착장에 갔다. 동글동글한 자갈이 가득한 해안에서 출발한 배는 한려해상의 절경을 보여준 후 작은 섬에 정박했다. 사진으로나 본 유럽의 정원처럼 세련되고 아름답게 꾸며놓은 공원은 시골 어촌을 기대하고 온 처녀 셋의 정신을 쏙 뺐다. 카메라의 필름이 없어서 더 찍지 못한 게 아쉬울 정도였다. 훗날 이 섬은 드라마 〈겨울연가〉 촬영지로 소문이 나면서 일본인 관광객으로 북새통을 이뤘다고 한다.

섬 관광을 마친 우리는 통영항으로 가서 유명한 충무김밥을 먹고 버스터미널로 갔다. 서울 가는 버스는 방금 떠나버렸고 막차는 두 시간 후에 있다는 소릴 듣고 우리는 난감한 표정으로 서로를 바라봤다. 수중에 남은 돈도 없었다. 할 수 없이 다시 항구로 나갔다. 어선들이 정박해 있는 포구를 따라 걷다보니 한적한 공터가 있었다. 오래 걸어선지 다리가 아파 방파제 위에 앉았다. 서울이 고향인 친구들은 바다 주변을 배회했다. 서로 말을 주고받지 않았다. 다들 자신들만의 생각에 잠겨 있었다. 다시 치열한 전쟁터인 일터로 돌아갈 생각을 하니 마음이 무거웠다. 짧은 여행이 주는 아쉬움이 그만큼 컸다.

S가 이어폰을 꽂고 음악을 들으며 몸을 살짝살짝 흔들었다. 무슨 노래냐고 물었더니 듀스의 〈여름 안에서〉라고 했다. 처음 듣는 그룹 이름에 노래 제목이었다. 그들은 이 노래를 모르는 나를 보며 신기해했다. 3년 전에 대히트를 쳤다는데 당시 나는 매일 밤을 새워 근무하던 때이기도 했고 록과 재즈 음악에 빠져 있을 때라 몰랐던 것 같다. 그녀가 한번 들어보겠냐고 하면서 이어폰을 내 귀에 꽂아주었다. 그것 참. 신기하게도 한번 듣고 바로 후렴구가 기억되는 노래였다.

하늘은 우릴 향해 열려 있어 그리고 내 곁에는 니가 있어
환한 미소와 함께 서 있는, 그래 너는 푸른 바다야

S가 노래를 흥얼거리며 가수의 춤을 따라 추기 시작했다. Y도 가세했다. 둘은 내 앞에서 노래를 부르며 함께 춤을 추었다. 가사처럼 하늘은 우릴 향해 열려 있었다. 푸른 바다엔 어느덧 붉은 저녁놀이 비치기 시작했다. 그들을 보고 있으니 마음이 벅차올랐다. 미래도 크게 두렵지 않았다. 세상사에 치어 외로움을 느낄 때 이렇게 흥을 나눌 친구가 있다는 것이 감사했다. 그리고 우리에게는 젊음, 끝없이 분출하는 열정이 함께하고 있었다.

카탈로니아 찬가

서른다섯 살 늦깎이 학생인 나는 영국 중부도시에 있는 리즈Leeds 메트로폴리탄 대학에서 어학연수를 받고 있었다. 새로운 환경에 적응하느라 정신없는 시간을 보내는 중에 기숙사 옆방을 쓰는 B의 추천으로 조지 오웰의 〈Homage to Catalonia(카탈로니아 찬가)〉라는 연극을 보게 되었다. 스페인 사람인 B에게는 자기 아버지 고향 카탈로니아를 다룬 이 작품이 특별했다. 미술대학 지망생이자 키도 크고 잘생긴 B는 나이도 한참 많은 나에게 기숙사생활에서부터 주변 정보까지 친절히 알려주는 고마운 학우였다. 초급 영어 수준인 내가 음악 공연이나 무용도 아닌 연극을 본다는 게 말도 안 되었지만, 또 다른 기숙사생인 H(서울 출신, 22세 여자 대학생)까지 다 같이 보자고 부추기니 색다른 문화경험이다 싶어 가기로 한 것이다.

사실 문학책이라면 머리만 아프고 재미없다며 멀리했던 나는 조지 오웰의 작품을 단 한 편도 읽어본 적이 없었다. 워낙 유명한 작가라 이름과 대표작 제목 정도 알고 있었을 뿐이었다. B의 말로는 1937년에 벌어졌던 스페인 내전에 관한 이야기라고 했다. 스페인에 대한 역사적 지식도 없는 나로서는 우리나라 6·25전쟁과 비슷한 상황이 아니었을까 정도로 추측만 하고 연극을 본 셈이었다.

한국의 연극 공연과는 달리 널따란 무대 뒤로 펼쳐진 큰 스크린 화면에는 영상과 함께 영어 자막이 제공되었고, 무대 옆 작은 단상에 서 있는 남성은 수화로 연극의 대사를 보여주었다. 장애인을 세심하게 배려하는 문화는 인상적이었다. 배우들의 빠른 대사는 대부분 알아들을 수 없었지만, 자막의 도움을 받아 연극 분위기에 젖어들 수 있었고, 끝날 무렵 대형 스크린에서 전투기가 민간인에게 사정없이 폭탄을 투여하는 장면이 연출되었을 때엔 그들이 느꼈을 공포와 아픔을 얼마큼은 공감할 수 있었다.

연극을 보고 나온 뒤 소감을 B에게 말했더니 2주 후인 4월 부활절 방학 때 카탈로니아로 여행을 가보는 것이 어떠냐며 나와 H에게 제안했다. 어차피 자신은 방학을 맞아 집에 가야 하니 우리가 크게 부담을 가질 필요는 없다는 것이었다. B가 항공권과 숙박 예약부터 처음 이틀 간의 여행 가이드까지 맡아준다고 하니 군침이 당겼다. 나보다 석 달 먼저 기숙사에 들어온 H는 영어를 꽤 잘해서 우리는 영어로 그럭저럭 의사소통을 할 수 있었다. 나와 H는 흔쾌히 제안을 받아들이고 본격적인 여행 준비에 들어갔다.

3박 4일간의 짧은 스페인 여행이라 크게 준비할 것은 없었다. 카탈로니아(스페인 북부 바르셀로나, 헤로나, 레리다, 타라고나의 4개 주州를 포함한다) 지방의 바르셀로나와 스페인의 수도 마드리드 두 지역을 여행지로 정했다. 미술에 관심이 많고 디자인을 전공한 나를 배려해서 B가 주요 미술관과 가우디 건축물 투어를 추천해주었고, 미술 전공자도 아닌 H는 무조건 내가 가는 곳이면 어디든 괜찮다고 해줘서 여행 계획은 순조롭게 진행됐다.

우리 일행은 바르셀로나에 도착하자마자 조지 오웰의 소설에 나오는 람블라스 거리를 시작으로 가우디 주택과 사그라다 파밀리아 성당(성가족대성당), 호안 미로, 살바도르 달리 그리고 피카소 미술관을 관람했다. 호안 미로 박물관 근처에는 황영조 선수가 1992년 올림픽에서 마라톤 금메달을 목에 걸었던 몬주익 언덕이 있어 잠시 들러 그때의 감동을 떠올렸다. 이틀간 바르셀로나에서의 알찬 여행을 마치고 저녁 비행기로 일행은 마드리드로 향했다. 마드리드 시내의 게스트하우스에 도착해서 B와는 헤어지고 나와 H는 여장을 풀었다.

씻고 나서 침대에 엎드려 앞으로의 일정을 확인하고 있는데 H가 곁에 다가와서는 말을 걸었다.

"언니, 있잖아요."

잠시 머뭇거리다 나의 표정을 살피더니

"언니, B가 나를 좋아한다고 고백했어요."

라고 말하는 것이었다. 발갛게 달아오른 그녀는 백마 탄 왕자라도 만난 양 흥분을 감추지 못하고 있었다.

'B가 H를 좋아한다고?' 순간 내 귀를 의심했다. 바로 옆방에 사는 내가 그를 누구보다도 잘 알고 있다고 생각했는데 도내체 어떻게 이런 일이 생길 수 있었나 싶었다. 오히려 그간 B가 나에게 베풀어준 친절과 관심을 미루어보건대 이 녀석이 혹시 나를 좋아하는 것은 아닌가 하는 생각이 들기도 했었다. 가끔은 B를 연인으로 상상하며 달콤한 로맨스를 그려보기도 했었다.

배신감과 질투가 동시에 폭발했다. 나는 H가 기쁨에 겨워 계속 떠드는 이야기를 더는 들어줄 수가 없었다. 자야겠다고 말하고선 불을 껐다. 침대에 누운 순간 잠은커녕 끓어오르는 화를 주체하기가 힘들었다. 그간의 일들을 하나씩 꺼내 재생해보니 내가 놓치고 있었던 사실들이 선명하게 드러났다. 조지 오웰의 연극을 볼 때도 이번 여행에서도 서로 호감을 느끼고 있었던 둘이서 나를 잘도 이용한 것이었다. 그러니까 B와 H 사이에서 나는 사랑의 들러리, 견우와 직녀 사이의 오작교였을 뿐이었다.

'이 빌어먹을 연놈들을!'

이튿날 아침이 되어도 기분은 전혀 나아지지 않았다. 오전에 프라도 미술관을 관람하고 나서 H는 냉랭한 나의 기운을 느껴선지 아니면 B가 없으니 이젠 맘대로 행동하겠다는 것인지, 이제 더 미술관은 싫다며 쇼핑도 하고 다른 관광지를 보겠다고 선언했다. 할 말을 잃었다. 우리는 각자 가고 싶은 데로 가기로 하고 그 자리에서 헤어졌다.

H가 사라지는 모습을 보며 나는 끓어오르는 분노를 주체하기가 힘들었다. 아무나 붙잡고 내 기막힌 속을 다 털어내고 나를 기만한 저 발칙한 두 어린것에게 저주를 퍼부어야만 했다. 하지만 아는 이 하나 없는 낯선 도시에서 무엇을 할 수 있단 말인가. 사실 어젯밤부터 지금까지 나를 가장 괴롭혔던 것은 지금껏 상황을 전혀 눈치를 못 챘던 나 자신의 멍청함이었다. 수치심에 여행이고 뭐고 다 집어치우고 얼른 이 도시를 떠나고 싶었다. 컨디션도 최악이었다. 며칠 동안 무리했던 다리엔 통증이 시작됐고 피곤에 입이 썼다.

나는 점심으로 간단히 길거리에서 파는 샌드위치를 사먹고 보온병에 담아온 커피를 마셨다. 따뜻한 차 한 모금에 한숨을 한번 길게 내쉬니 마음 한 켠에 아주 조그마한 의욕이 들어앉았다. 손에 든 여행 지도를 펴고 다음 장소를 더듬었다. 다리도 아픈 데다 워낙 미술관을 많이 다녀서 또 미술관을 간다는 것이 망설여졌지만, 피카소의 작품 〈게르니카〉가 있다는 소피아 미술관을 안 보면 후회할 거라는 생각이 들었다. 잠시 거리에서 휴식을 취한 후에 미술관에 갔다.

스페인의 근현대 미술 작품을 소장하고 있는 미술관은 외관부터 유리로 이루어져 현대적인 이미지를 잘 보여주고 있었다. 달리, 미로, 타피에스, 로베르토 마타 등 20세기의 뛰어난 예술가들의 작품을 먼저 둘러보고 가장 기대했던 특별 전시장, 피카소의 작품 단 하나만 전시되어 있는 공간 입구에 섰다.

가슴이 두근거렸다. 오전에 스페인 왕립미술관인 프라도에서 루벤스, 벨라스케스의 대작을 감상할 때도 이렇지 않았는데…. 이미 바르셀로나에서 피카소의 작품들을 많이 보고 왔음에도 뭔지 모를 또다른 아우라가 입구부터 전해졌다.

거대한 방, 새하얀 벽으로 둘러싸인 전시장에는 그야말로 〈게르니카〉(세로 349.3㎝, 가로 776.6㎝) 작품 하나만 벽면에 전시되어 있었다. 피카소는 고국 스페인에서 자행된 게르니카 공습 신문 기사를 미국에서 읽고, 그날부터 35일간 밤낮을 가리지 않고 엄청난 분노를 담아 전쟁의 참상을 폭로하는 그림을 그렸다. 스페인 내전 당시 공화정부에 맞서, 나치와 이탈리아의 지원을 받은 프랑코 장군이 반란을 일으켰다. 1937년 4월 26일 오후 3시간 동안 스페인 북부 바스크 지방의 인구 7천 명의 작은 도시 게르니카에 나치 독일 비행기에서 투하된 50톤의 폭탄이 그곳을 폐허로 만들었다.

그림 앞에서 눈물을 흘려본 적이 있었던가. 〈게르니카〉 앞에 선 순간, 사방이 암흑으로 변하고 폭탄 터지는 소리, 비명, 살려달라는 절규가 귀에 전해왔다. 폭격당한 집에 갇힌 짐승과 사람들, 어머니가 안은 아이의 머리는 뒤로 꺾여 있고 도와달라고 손짓하는 여인, 거대한 황소에 짓밟히는 사람들. 위대한 20세기 천재 화가의 대작을 보고 있노라니 격한 파도와 같은 전율이 나를 휘감았다. 앞서 스페인 내전에 관한 연극을 보았기에 감동은 배가됐다. 작품 앞에서 한 발짝도 떠나고 싶지 않았다. 감동이 좀 가라앉을 무렵 오전부터 시작됐던 무릎의 통증이 거세졌다. 아쉬움에 내일 재방문하겠노라 작품에게 인사하고 발걸음을 돌렸다.

다음날 다시 찾아가려했으나 불행히도 휴관일이었다. 할 수 없이 스페인의 소설가 세르반테스의 돈키호테 동상이 서 있는 스페인 광장에서 마지막 일정을 마치고 공항에서 다시 두 연인을 재회했다. 〈게르니카〉를 보고 받은 감동이 워낙 커서 그랬는지 스페인을 떠나기 전에 그들을 용서해주려고 했다. 하지만 함께 있는 그들의 얼굴을 본 순간, 용서는 개뿔, 다시 분노가 일었고 영국에 도착해서도 그들과 말 한번 섞지 않았다.

이후 기회가 생길 때마다 여러 곳을 여행하였지만, 스페인만큼 강렬한 인상을 준 곳은 없었다. 전쟁의 참상을 담은 조지 오웰의 원작 연극을 보고 나서 배경이 된 나라를 여행하고 같은 주제를 담은 피카소의 대작 〈게르니카〉를 감상한다. 마치 테마 여행으로 기획한 것처럼 진행된 스페인 여행은 내게 잊을 수 없는 귀한 감동을 주었다.

조지 오웰은 소설 『카탈로니아 찬가』에서 스페인 사람들이 관대하다는 사실엔 의심의 여지가 없으며 그들은 20세기에 속하지 않는 고귀한 종족이라고 말했다. 돌이켜보면 내가 만난 B도 참 고마운 친구였다. 스페인을 다녀온 직후 나의 눈치를 살피며 조심스럽게 행동했던 그를 끝내 외면하고 헤어졌던 것이 후회된다. 나의 옹졸함이여! 이제는 그의 호의 중 일부는 진심에서 우러나왔음을 믿는다.

"Gracias B, Gracias Spain!"

행복한 청소부

영국 어학연수를 계획하면서 유학원에다 두 가지를 부탁했다. 한국 학생들이 없어야 하며 식사가 제공되는 곳이어야 한다고. 그러나 도착해보니 두 가지 조건이 모두 충족되지 않았음을 알았다. 한국인 학생이 꽤 많았다. 식사는 제공되지 않았고 기숙사에 있는 공동주방에서 각자 요리해서 먹어야 했다. 이메일과 전화로 항의해보았으나 소용없었다. 생각지도 않은 식비가 들면서 할 수 없이 파트타임 잡을 알아보았다. 영어도 잘 못하는 데다 한국 나이로 서른다섯인 나는 일자리를 구하기가 힘들었다. 두 달쯤 지나서야 자신의 일자리를 나에게 넘겨주겠다는 한국 학생이 나타났다. 그녀는 시내에 있는 보험회사에서 청소 일을 하고 있었다. 주중 저녁 두 시간씩 일하면 한국 돈으로 삼십만 원 정도 받았다. 이 정도면 부족한 식비는 해결될 것 같았다. 처음엔 한국에서 석사학위를 받아 대학에서 시간강사를 하던 내가 할 일은 아닌 것 같아 주저했다. 그러나 선택의 여지가 없었다.

시내 외곽에 위치한 기숙사에서 보험회사가 있는 시내까지는 버스를 타고 가야 했다. 기숙사와 학교만 걸어서 오갔던 나는 버스를 이용한 경험이 많지 않았다. 일찍 기숙사를 나섰음에도 버스 정류장에 도착해서 시간표를 확인해보니 내가 타야 할 버스는 한 시간 후에나 도착할 예정이었다. 수중에 가진 돈으로 택시 타긴 어려웠고 나는 첫날부터 지각을 면하지 못할 상황에 처했다. 너무 속상해서 눈물이 막 나오려 했다. 결국 삼십 분을 지각했다. 매니저가 인상을 쓰자 변명도 못하고 내가 맡은 8층으로 급히 뛰어올라갔다. 해야 할 일은 직원들의 자리마다 돌며 쓰레기통을 비우고, 청소기로 바닥을 밀고, 먼지를 닦아내고, 끝으로 화장실을 청소하는 것이었다. 그런데 쓰레기통을 비우려보니 자리마다 커다란 검은 비닐봉지 묶음이 있었다. 그것들까지 다 치워내느라 두 시간은커녕 세 시간 이상 걸려서야 겨우 청소를 끝냈다. 첫 출근 스트레스에다 예상보다 많은 업무량으로 완전 녹초가 돼버렸다. 앞날이 막막했다. 다음날이 되어 매니저에게 두 시간에 끝낼 수 있는 일이 아니었다고 항의를 했더니 그는 왜 시키지 않은 일까지 했냐며 쓰레기통 외의 비닐봉지는 다른 이가 처리할 일이었다고 했다. 내가 헛일을 한 것이었다. 또 하나 알게 된 사실은 기숙사 앞 버스 정류장에 서는 거의 모든 버스가 시내를 경유한다는 것이었다. 나는 그것도 모르고 받은 한 번호의 버스만을 기다리고 있던 거였다.

두 시간 동안 매뉴얼대로 일하면 문제될 것이 없었다. 동료가 팁도 알려줬다. 쓰레기통을 비우다보면 가끔 타블로이드 잡지를 발견하게 되는데 잘 챙겼다가 청소 비품실에서 읽으며 쉬는 시간을 가지라는 거였다. 온 사방에 카메라가 설치되어 있는데 괜히 문제를 일으킬 것 같아 영어 공부도 할 겸 잡지를 챙겨 퇴근 후에 읽었다. 한 달쯤 지났을 때 매니저가 호출했다. 잘못한 일도 없는데 왜 그러는지 의아했다. 그는 나에게 시간과 담당 구역을 바꿔준다고 했다. 기존 저녁 시간을 오후로 구역도 1층으로 변경하겠는 것이었다. 사실 저녁 시간에 일하는 게 꽤 불편했다. 밤 늦은 시간에 일이 끝나 기숙사로 돌아가면 씻고 바로 잠자기 바빴다. 오후에 일하는 건 환영할 만했다. 학교 수업 끝나고 나서 도서관에서 책을 좀 보다가 일을 마치고 기숙사로 돌아가면 딱 저녁 시간에 맞출 수 있었다. 흔쾌히 수락했다. 새로 바뀐 층은 일거리가 더 많았지만 그래도 좋았다.

파트타임잡 동료 중에는 한국에서 온 삼십대 초반의 연수생이 있었는데 그녀의 직업은 간호사였다. 보통 어학연수를 신청하면 최대 1년의 학생 비자를 받는데 운 좋게 2년을 받았다고 했다. 처음엔 1년만 하고 돌아갈 생각이었으나 이곳 환경이 너무 좋아서 2년을 다 채우고 갈 계획이라고 했다. 그녀는 연수비를 아껴야 했기에 아주 저렴한 숙소에 살았고 이곳에서 번 돈으로 식비를 해결해야 했다. 가난한 생활이지만 비자 문제만 없다면 영영 한국으로 돌아가고 싶지 않다고 했다. 하긴 나도 처음에는 이 일을 한심하게 여겼지만, 시간이 지날수록 거기에 익숙해졌고 학교와 집만 오고가는 일상에서 적당한 자극으로 느껴 좋았다. 내가 사는 리즈Leeds 시는 영국에서도 도시 내 공원이 가장 많은 곳이라 정말 조용하고 아름다웠다. 학생증이 있으니 박물관과 미술관 입장료는 무료였고 교통비도 할인받았다. 마트에 가면 한국과는 비교할 수 없을 정도로 신선하고 맛있는 다양한 식자재가 넘쳐났다. 몇 백 년 된 고풍스러운 건물들 사이에 오랜 역사가 깃든 포석 위를 걷는 정취도 좋았다. 나도 비자 문제만 해결되면 그녀처럼 살 수 있을 것 같았다. 한국에서 가장 아름답고 살기 좋다는 제주도에서 온 내가 이역만리에 이런 호감을 갖게 될 줄은 정말 몰랐다.

그러나 이곳에서의 삶이 무조건 다 좋은 건 아니었다. 인종차별과 빈부격차 등의 사회문제가 심각했다. 우연히 영국 남자를 만나 결혼한 한국 여성을 만나게 되었는데 그녀가 하는 말이 인상 깊었다. 처음엔 국제결혼을 하고 무척 기뻤으나 시댁에 가면 큰 문화 차이와 은근히 무시하는 그들의 태도로 여간 스트레스 받은 게 아니라고 했다. 예전과 달리 지금은 같은 나라 사람끼리 만나 맘 편하게 사는 것이 더 나으리라 생각한다고 말했다. 한국에선 돈만 있으면 남부럽지 않게 다 누리고 살 수 있지 않냐고 묻는데 수긍할 수밖에 없었다. 아무리 환경이 멋지다 해도 가난에 시달리며 비자 문제와 인종차별을 겪으면서 이 나라에서 평생을 보낼 순 없는 거였다. 학생 신분으로 일하니 청소부 일도 견디는 것이지 임시직을 전전하며 사는 인생이 평생 행복할 수는 없을 것이다. 한 걸음 물러서 멀리 앞을 내다보니 슬며시 내 고향이 그리워졌다.

삼십대 중반이 되도록 모아둔 돈이 없었다. 가진 돈을 모두 투자하여 무보수로 3년 간 일한 곳이 망해버렸다. 거기다 부모님 모두 오랜 병환을 겪으면서 내가 전적으로 맡아 간병을 해야 했다. 체력은 바닥이 나고 마음고생이 극에 달했을 때 우연한 계기로 어학연수를 떠나게 됐다. 아픈 부모를 두고 떠난다는 것이 맘에 걸렸지만, 하루라도 빨리 그 상황에서 도망치고 싶은 마음이 컸다. 그렇게 해서 온 곳이 영국이었다. 거기만 가면 어두웠던 과거도 다 청산하고 새 출발을 할 수 있을 거라 생각했다. 영어도 금방 배우고 남자 친구도 사귀고 직장도 구하고 말이다. 세상 물정 모르는 생각이었다. 파트타임 잡이라도 구하지 못했다면 남의 나라에서 빚을 내야 했을지도 모른다. 4개월간 번 돈은 쥐꼬리만 했지만 그 돈으로 짧게나마 파리 여행을 다녀올 수 있었던 건 그나마 작은 위안이었다.

귀국을 앞두고 일을 그만둔다고 했을 때 매니저가 상당히 아쉬워했다. 책임감 있게 일을 잘했다면서. 그러고 보면 나는 이 일을 좋아했다. 구석구석 청소기로 바닥 카펫의 먼지를 빨아들이고 깃털 먼지털이로 책상과 선반 위를 쓸어냈다. 내가 치우고 난 자리를 돌아보면 개운한 마음에 미소가 절로 났다. 깨끗하게 닦인 세면대가 반짝이면 내 마음도 반짝였다. 청소하면서 내 마음도 함께 정리되는 기분이 들었다.

어느 날엔가 일을 마치고 집으로 돌아가는 길에 갑자기 전율이 느껴져 걸음을 멈췄다. 가슴이 벅차오르며 황홀한 기분이 들었다. 주위를 둘러보니 오래되어 이끼가 낀 낮은 돌담과 그 위에 솟아오른 푸른 잎이 무성한 나무, 반들반들한 검은 돌이 촘촘히 박힌 보도. 어제도 그제도 걸었던 평소와 다름없는 길이었다. 이런 익숙한 길가에서 내가 왜 이런 감정을 느끼는지 알 수가 없었다. 신비한 힘에 둘러싸인 듯 나는 모든 것을 아름답게 보고 있었다. 이 느낌이 너무 소중해서 이 시간 이 장소를 절대 잊지 않도록 노트를 꺼내들고 적어두었다.

영국을 떠난 후 수없이 그날의 전율을 떠올렸다. 그날 도대체 나에게 무슨 일이 일어났는가를. 이 글을 쓰며 서서히 알게 되었다. 인생에서 가장 힘든 시기를 보내고 어느덧 내 마음의 상처에 새 살이 돋았음을. 좌절된 꿈, 헤매는 인내심, 어지러운 기억이 서서히 제자리를 찾아가고 있었음을.

비록 그곳에 머무는 동안 돈만 쓰고 영어도 그다지 늘지 않았지만, 다시 인생을 긍정적으로 볼 수 있는 힘을 얻었다. 그걸로 충분했다.

가난한 여행자의 도시

2004년 가을, 영국에서의 어학연수가 끝날 무렵이었다. 생활비가 거의 다 떨어져서 아주 적은 돈만 들고 프랑스로 여행을 떠났다. 저가 항공기에서 내려 민박집에 도착하니 자정 무렵이었다. 6인실 좁은 침대에서 잠을 자고 일어나 간단한 아침 식사를 한 후, 커피를 보온병에 담고 민박집에서 제공하는 바게트 샌드위치를 점심으로 챙겼다. 전철을 타고 시내에 도착해서 박물관 패스를 구입하고 나니 수중에는 교통비와 약간의 비상금 정도가 남았다.

어릴 적 꿈은 화가였고 예술가들의 성지나 다름없는 파리는 오랫동안 동경해온 도시였다. 대학 시절 친구가 배낭여행 중에 파리에서 보내준 엽서는 항상 내 방 침대 머리에 붙어 있었다. 꼭 가보겠다는 소망은 서른다섯 살에야 이루어졌다. 3박 4일간의 일정이라 부지런히 다녀야 했다. 이틀간 루브르를 시작으로 오르세, 퐁피두센터, 로댕갤러리, 피카소 미술관을 관람했다. 그 동안 책으로만 보았던 그림들을 직접 보니 입이 쩍 벌어졌고, 가장 좋아하는 화가인 고흐의 그림 앞에서는 눈물이 고였다.

여행 3일째 되는 날에는 몽마르트 언덕으로 향했다. 전철역을 나와 언덕 꼭대기에 있는 사크레쾨르 성당으로 올라가는 계단을 바라보는데 마치 저 위에서 고흐나 르누아르가 걸어내려올 것 같아 마음이 두근거렸다. 성당 광장에서 사방으로 펼쳐진 파리 시내를 내려다본 후, 인상파 화가들이 살았다는 아틀리에와 물랭루주의 풍차를 구경했다. 아쉬움에 좀 더 머물 생각으로 마을을 산책하는데 분홍색으로 칠한 예쁜 카페가 눈에 들어왔다. 여성화가의 집을 개조해 만든 카페로 유명한 작가와 화가들이 자주 들렀다는 소개의 안내판이 있었다. 야외 테이블에는 큼직한 잔에 담긴 커피를 마시며 이야기를 나누는 이들이 있었다. 순간 이곳에서 차를 마시고 싶다는 강한 유혹에 빠졌지만 문 앞에서 머뭇거리다 그냥 나왔다. 커피값은 사치였다. 다시 골목을 오르다 검은 고양이 그림이 그려진 작고 네모난 간판을 보았다. 로트렉 미술관이었는데 이곳은 박물관 패스를 이용할 수 없었다. 카페에선 참을 수 있었지만, 그림 앞에선 비상금에 손을 댈 수밖에 없었다. 다행히 입장권은 저렴했고 작은 주택을 개조해 만든 전시관은 색다른 감동을 주었다. 관람을 마치고 다시 골목을 걷다가 마을을 조망할 수 있는 곳에 있는 작은 벤치를 발견했다. 가방을 내려놓고 의자에 앉아 주위를 천천히 둘러보았다.

'드디어 내가 이곳에 왔구나.'

여태껏 나의 꿈 목록에서 이루어진 게 있었던가? 화가의 꿈은 일찍이 부모의 반대로 접어야 했고, 대학에서 디자인을 전공하고 상경해서 일류 디자이너가 되고자 발버둥쳐보았지만 어림도 없었다. 서른 살에 제주도로 귀향해서 대학원에 진학하고 이번엔 교수가 되길 바랐지만, 갑작스러운 부모님의 병환으로 경력이 끊기며 이 또한 포기해야만 했다. 그 사이 결혼도 실패하고 그야말로 인생에서 되는 게 하나도 없었다. 자포자기 심정으로 떠났던 영국에서 지난 시간 상처받고 지쳐 있던 마음이 조금은 회복되긴 했어도 미래는 여전히 두려웠다. 그러기에 비록 작지만 오랫동안 간직했던 꿈을 성취한 이 순간은 정말 소중했다. 어둡고 답답했던 내 맘에 밝은 빛줄기 하나가 비추면서 활기가 온몸에 퍼지는 느낌이었다. 숨을 크게 내쉰 뒤 보온병에 담아온 커피를 한 모금 마셨다. 눈물 나게 맛있었다.

그날 밤 잠자리에서 아쉽게 보기만 했던 몽마르트의 카페가 내내 떠올랐다. 영국으로 돌아갈 교통비를 빼고 남은 돈을 챙겨보니 커피값으론 충분해보였다. 다음 날 비행기 타기 전 마지막 여행지로 다시 몽마르트를 찾았다.

'이럴 수가….' 카페의 문은 닫혀 있었고 휴일을 알리는 작은 팻말이 문고리에 걸려 있었다. 다리에 힘이 쭉 빠지며 한숨이 절로 나왔다. 꼭 그곳이어야 하기에 다른 카페에서 아무리 손짓을 해도 갈 수는 없었다. 상심한 여행자는 터벅터벅 언덕을 내려갔다.

7년이 흐른 뒤 파리에 사는 친구가 초대했다. 직장생활을 하며 돈을 좀 모아놨기에 이번에는 지갑에 두둑이 여비를 챙겨서 떠났다. 이 무슨 운명인지 어이없게도 여행 첫날 집시들에게 지갑을 통째로 소매치기 당했다. 순식간에 무일푼 여행자로 전락해버린 것이다. 경찰서에 가서 신고했지만 크게 기대하지 말라는 대답을 들었다. 친구가 경비를 빌려주었어도 그 돈으로 다니는 여행이 편할 리는 없었다. 좀처럼 기분이 나아지지 않자 나는 여행 일정도 줄이고 그 좋아하는 미술관이나 몽마르트는 근처도 가지 않았다. 그러다 한국으로 떠나기 전날 걱정스러운 눈으로 바라보는 친구를 두고 혼자 공원이나 산책하고 오겠다고 외출했다. 막상 거리로 나오니 기운이 났다. 기분전환을 위해 지난 번 여행에서 못 가본 몽파르나스 묘지로 향했다.

사춘기 시절 사르트르와 보부아르의 계약 결혼에 관한 이야기를 듣고 그들의 사랑에 대해 막연히 흥미를 갖고 있다가, 이번 여행 전에 그들이 주고받은 편지를 엮은 책을 읽었던 터였다. 많은 예술인이 잠들어 있는 공원에서 가장 먼저 지식인 부부의 묘지를 찾았다. 그들의 명성에 걸맞게 대리석 묘비에는 립스틱 자국이 잔뜩 묻어 있었다. 묘비에 여인들이 키스한 것이었다. 한참을 바라보고 있는데 한 여성이 나에게 사진을 찍어달라고 부탁해왔다. 혼자 온 그녀도 다른 이들처럼 묘비에 입맞췄고 나는 그 모습을 사진에 담아주었다. 고맙다고 말하며 싱긋 웃어주는 그녀를 바라보자 순간 나의 굳어 있던 얼굴에 저절로 미소가 번졌다. 그러고 보니 며칠간 활짝 웃어본 기억이 없었다.

발걸음이 가벼워졌다. 집으로 돌아가는데 올 때는 보지 못했던 익숙한 이름의 카페가 있었다. 파리의 지성인들이 모여들어 토론을 벌였고 사르트르와 보부아르가 많은 글을 썼다는 문학 살롱 '레 두 마고Les Deux Magots'였다. 심장이 두근거리기 시작했다. 이번에는 바지 주머니에 비상금으로 챙긴 얼마 간의 돈이 있었기에 나는 성큼성큼 걸어가서 카페 야외 테이블에 앉았다. 정복 차림의 인상 좋은 웨이터에게 카푸치노와 케이크 한 조각을 주문했다. 잠시 후 그는 미소를 지으며 작은 테이블 위에 커피와 케이크가 담긴 접시를 내려놓았다. 하얀 커피잔을 드는 내 손이 가볍게 떨렸다.

'아….' 파리에서 소매치기당한 일을 한순간에 잊게 하고 7년 전 몽마르트 카페에서의 한을 풀어주는 기막힌 맛이었다. 파리에 대한 사랑이 다시금 피어올랐다.

차 한 잔 마실 여유의 돈만 있어도 진한 감동을 얻을 수 있는 곳. 어쩌면 이곳은 가난한 여행자에게 안성맞춤 도시가 아니겠는가? 파리 여행의 기회가 또다시 찾아올지는 모르겠다. 만약 가게 된다면 좀 우습지만 복대를 차자.

그는 몰랐을 것이다

영국에서 미디어아트 전공을 하며 박사과정을 밟고 있던 후배가 급하게 도움을 요청했다. 자신의 논문 지도교수가 한국을 방문하는데 제주도에도 며칠 머무를 거라며 나보고 여행 안내를 해달라고 부탁했다. 영어도 잘못하는데 내가 무슨 도움이 되겠냐고 난감해했지만, 후배는 디자인을 전공한 나와 교수가 잘 맞을 거라며 사진작가인 교수를 제주도 명소에 데려다주기만 하면 된다고 했다. 2년 전, 영국 어학연수 시절 후배가 여러 모로 나를 도와줬고 제주에 아는 사람이라고는 나뿐이라며 사정하니 거절할 수가 없었다.

R교수는 삭발한 머리에 키가 컸고 깊은 눈에는 동그란 금테 안경을 꼈다. 전반적으로 세련되고 지적인 인상을 주었다. 한국 나이로 육십 살이라는데 훨씬 젊어보였다. 다소 거리를 두며 적당히 예의를 지키는 그는 신세지는 것을 아주 싫어했다. 2박 3일간

자신과 동행하며 나에게 운전을 부탁하는 것을 상당히 불편해했다. 한국 렌터카 회사들이 영국 운전면허증을 인정해주지 않는 것을 이해할 수가 없다고 성을 냈다. 깐깐해보이는 이 남자는 자신에게 아주 최소한의 시간만 쓰라고 내내 당부했다. 마침 내가 직장을 그만두고 쉬고 있으니 부담 갖지 말라고 했지만, 같이 다니는 동안 불편한 기색을 전혀 감추지 않았다. 게다가 내가 소개하는 제주도 명소인 성산포 일출봉, 황금빛 모래사장이 끝없이 펼쳐지는 표선해수욕장, 억새가 한창 피어있는 중산간 오름들. 정말이지 누구나 보자마자 탄성을 지를 만한 장소에 데려다줘도 다 맘에 안 들어했다. 미칠 노릇이었다.

당혹스러운 첫날을 보내고 나는 가이드 방침을 바꿨다. 제주도 지도를 펼치고 R이 손가락으로 찍는 곳에 데려다주기로 했다. 오전에는 제주도 서쪽 지역인 애월읍에 있는 항구와 바닷가 마을에 머물렀다. 그를 차에서 내려주고 다녀오라고 손짓을 한 후, 나는 차 안에서 음악을 들으며 가지고 온 책을 읽었다. 점심은 지인들에게 물어 맛있다는 향토음식점을 찾아가서 옥돔미역국을 먹었다. 표정을 보아하니 별로 만족스러워하지 않았다. 그는 잘 먹었다는 인사 대신 괜히 시간들여 유명한 식당에 찾아가지 말고 가까운 아무 데서나 먹자고 했다. 기분이 상했다. 둘 다 아무 말 없이 다음 장소인 한림 해안마을로 이동했다. 늦가을 날씨가 꽤 쌀쌀했다. 추워서 금방 작업하고 돌아올 것도 같은데 그는 한번

내려주면 한두 시간 지나야 나타났다.

코가 빨개져서 돌아온 그에게 장소가 맘에 들었냐고 묻자 꽤 괜찮은 곳이었다면서 웃음을 지었다. 그의 미소를 보고서야 불편했던 마음이 조금은 풀렸다. 돌아오는 길에 그는 꽤 많은 이야기를 나에게 들려주었다. 자신의 작업한 과정을 말하는 것 같은데 대략 느낌은 전달받았다. 그러다 자신에게 후각장애가 있다고 말했을 땐 깜짝 놀랐다. 장애로 인한 불편함을 담담하게 말하는 그의 옆모습을 보며 미안한 마음이 들었다. 점심식사에 대한 R의 무뚝뚝한 반응이 뒤늦게 이해가 된 것이다.

이제 하루만 무사히 마치면 나의 임무는 끝났다. 그의 성향을 대략 파악했기에 시간도 아낄 겸 집 근처에서 점심용으로 김밥을 샀다. 우리는 제주도 동쪽 해안마을을 찾아갔다. 도시의 때가 전혀 묻어 있지 않은 마을에는 아직도 오래된 초가집이 여러 채 남아 있었다. 민속촌에서나 볼 수 있던 초가집을 마을에서 보니 나도 관광객이 된 마냥 신기하고 좋았다. 차를 세우고 잠깐 내려 R에게 이 동네를 좀 보고 가자고 했다. 그도 옛 집을 호기심 가득한 눈으로 바라봤다. 초가집 바로 옆에는 자그마한 상점이 붙어 있었다. 그는 상점 안을 들여다보더니 자신이 뭘 좀 살 게 있다고 들어가보자고 했다.

먼지가 잔뜩 낀 진열장에는 몇 십 년은 족히 지나보이는 팔리지 않은 생활잡화들이 드문드문 놓여 있었고, 상점 안에 딸린 작은 방에는 조그만 할머니 세 분이 앉아서 담소를 나누고 있었다. 마치 과거로 돌아간 것 같은 착각이 들었다. 그는 여기저기 살피더니 색이 바랜 플라스틱 자 하나를 집어들었다. 자를 수집하는 친구에게 선물할 거라고 했다. 참 별 걸 다 수집하는 사람이 있구나 싶었다. 가격이 얼마냐고 묻는데 할머니들은 갑자기 나타난 외국인이 신기한지 호기심에 가득한 눈으로 우리를 바라보며 뭐하는 사람들이냐고 물었다. 나는 외국에서 온 사진작가라고 할머니들에게 R을 소개했다. 그가 영어로 인사하자 소녀들처럼 부끄러워하며 웃었다. 연세를 물어보니 다들 80살을 훌쩍 넘기신 분들이었다. R에게 할머니들 나이를 알려주니 자신의 어머니도 80살인데 거동을 못해서 요양병원에 계시다고 했다. 이 할머니들이 건강해서 보기 좋다며 부럽다고 말했다. 그의 눈가가 촉촉했다.

나는 할머니들에게 여기 사시냐고 물어보았다. 한 할머니가 가게 옆에 있는 초가집이 자기 집이라고 했다. 혹시 안을 보여줄 수 있냐고 부탁드렸더니 흔쾌히 수락하셨다. 할머니를 따라 오래된 나무 대문을 열어 들어가보니 조그만 마당을 사이에 두고 작고 낮은 초가집 두 채가 마주하고 있었다. 돌담으로 둘러싸인 마당에는 조그만 텃밭이 있고 옥돔 네 마리가 빨랫줄에 매달려 있었다. 할머니는 마루에 올라가더니 R에게 자신이 기거하는 방까지 들어와서 보라고 했다. 지극히 신세지는 것을 싫어하던 양반이 웬일인지 할머니가 시키는 대로 성큼 방으로 따라들어가는 것이었다. 키가 커서 구부정하게 숙여서 들어가야 했다. 방을 구경하고 나온 이방인의 입에서는 놀랍다는 말만 연신 나오고 있었다.

할머니의 초가를 나오고 나서 몇 미터 채 못 가 이번에는 지은 지 얼마 안 돼 보이는 현대식 주택을 그가 유심히 봤다. 집 입구에 대문이 없는 걸 이상하게 여긴 것이다. 나는 형편없는 영어 실력으로 제주도의 옛 문화인 삼무三無를 설명했다. 삼무는 도둑, 대문, 거지가 없다는 것으로 옛날 모든 집엔 대문이 없었다고 말했다. 요즘에도 간혹 대문을 달지 않은 집이 있다 했더니, 그는 나에게 답답한 아파트에서 살지 말고 이렇게 대문 없는 집에서 살라고 했다. 그럼 자기가 꼭 놀러오겠다면서.

마을에서 나와 바닷가에 차를 세웠다. 차 창문을 열어 시원한 바닷바람을 맞으며 천 원짜리 김밥을 꺼내서 먹었다. 둘 다 이번 여행에서 가장 맛있는 점심이었다는 것에 동의했다. 식사를 마치고 화장실을 가고 싶다는 그를 데리고 근처 북촌리 사무소에 갔다. 그가 화장실을 간 동안 나는 자판기에서 백 원짜리 커피 두 잔을 뽑았다. 건물에서 나오는 그에게 백 원짜리 커피 맛을 보라고 건네줬더니 눈이 동그래졌다. 한 모금 마시더니 비싼 커피보다 훨씬 맛있다며 환한 미소를 지었다. 그와 나의 거리가 확 좁혀짐이 느껴졌다. 이제 겨우 편해졌다고 생각했는데 그와의 일정은 거기서 끝이었다. 나는 그를 공항에 배웅하고 아쉬워하는 그와 꼭 다시 만나자는 약속을 했다.

그가 제주를 떠나고 2주쯤 지났을 때 영국에서 소포가 배달됐다. 작은 상자를 열어보니 영국 전통 과자인 진저브레드와 엽서, 제주에서 찍은 작품 사진이 들어 있었다.

이방인과 함께한 여행에서 나도 제주도를 잠시 다른 눈으로 바라보는 기회를 맞았다. 관광 명소가 아닌 우리 삶의 공간, 우리 동네, 우리 집이 새삼 독특하고 멋졌다. 그가 떠난 후 나는 시간이 날 때면 작은 어촌 마을에 차를 세워두고 걸었다. 야트막한 돌담 위로 보이는 초가지붕이나 그 넘어 작은 텃밭, 바람에 흔들리는 억새들, 저 멀리 보이는 한라산과 푸른 바다. 풍경을 더욱 풍성하게 볼 줄 아는 시각을 그가 선물하고 떠난 것이다.

자신의 분야에서 일가를 이룬 이들에게는 나름의 멋과 아우라가 있다. 사실 그와 함께 여행하던 기간 내내 설렘이 있었다. 유부남에다 나이 차는 꽤 나지만 그와 단 둘이 보낸 시간은 마흔살 노처녀에겐 꽤 낭만적이고 달콤하기도 했다. 물론 내색은 전혀 안 했지만. 그래서 공항에서 헤어질 때 나눴던 짧은 포옹이 오랫동안 잊히지 않는 것이리라.

발문

명쾌하고 재미있게 읽히는 '철든 아내의 글'

우리가 만나기 시작한 지 얼마 지나지 않아, 글을 쓰고 싶다는 소망을 그녀는 말했다. 언젠가는 본격적으로 글을 쓰겠다는 포부는 듣기에 좋았다. 나의 부추김에 머뭇머뭇하며 그녀는 내게 글 한 편을 건넸다. 「윌드 플라워」, 자전적 단편소설이었다. 내용은 제목보다 훨씬 더 아마추어스러웠다. 그녀는 더 잘하는 걸 찾는 게 나았을지도 모른다.

나는 그녀가 좀 저러다 말겠지 여겼다. 내가 틀렸다. 아내가 된 그녀의 글에 대한 열정은 끈질겼다. 머리 아프다, 속 아프다, 허리 아프다 하면서도 그녀는 쓰고 또 썼다. 다행히 밥도 잘해줬다.

글을 보는 눈에서는, 내가 썩 나쁘지 않다고 나름 자부하는데, 아내의 글은 점점 더 볼 만해지고 있었다. 그렇게 7년간 갈고 닦은 아내가 책을 내겠단다. 요새 누가 수필을 사서 보나, 그것도 무명작가의 것을? 아내에겐 이 책이 스스로에게 주는 동기이자, 글쓰기의 여정 한 토막을 갈무리하기 위한 수단인가보다.

아내의 글은 명쾌하다. 재미있다. 뭘 감추려 하지 않는다. 강요하지도 않는다. 이런 특징들 때문에, 내가 그녀의 글을 읽어주고 의견을 말해주는 과정은 대체로 즐겁다. 한마디로 얘기하자면, '철든 소녀'를 아내의 글에서 볼 수 있다. 이 책을 읽을 어떤 분들도 그리 느끼리라 기대하지만, 사람은 각자 다 다르니까….

행복한 인생을 살려면, 좋아하는 일을 잘해야 할 것이다. 김성은 작가는 좋아하는 일을 하고 있다. 그리고 그 일을 점점 더 잘하고 있다. 여기서 질문은 두 가지다. 하나는, 충분히 잘하느냐? 다른 하나는, 좋아하는 정도가 괴로움보다 크냐? 다들 아시겠지만, 정답은 없다.

사랑해요, 동그리.

2021년 4월

남편이 아내 작가에게

김성은 에세이

행복한 청소부

지은이_ 김성은
펴낸이_ 조현석
펴낸곳_ 북인
디자인_ 푸른영토

1판 1쇄_ 2021년 06월 07일
출판등록번호_ 313 - 2004 - 000111
주소_ 121 - 842 서울 마포구 서교동 467 - 4, 301호
전화_ 02 - 323 - 7767
팩스_ 02 - 323 - 7845

ISBN 979-11-6512-030-6 03810

책값은 뒤표지에 있습니다.
저자와 협의 아래 인지를 생략합니다.